英文文法
快速攻略

A Practical Guide to English Grammar

周 彥 編著

專為普高、技高新生設計的文法銜接教材

擺脫繁瑣的觀念說明，以淺顯易懂的例句教你善用文法

輕鬆突破學習盲點，英文文法融會貫通

三民書局

國家圖書館出版品預行編目資料

英文文法快速攻略／周彥編著.——初版七刷.——臺
北市：三民，2022
　　　面；　公分.——（文法咕嚕Grammar Guru系列）

　ISBN 978-957-14-5636-2　（平裝）
　1. 英語 2. 語法

805.16　　　　　　　　　　　　101001906

英文文法快速攻略

編 著 者	周　彥
發 行 人	劉振強
出 版 者	三民書局股份有限公司
地　　址	臺北市復興北路 386 號 (復北門市)
	臺北市重慶南路一段 61 號 (重南門市)
電　　話	(02)25006600
網　　址	三民網路書店 https://www.sanmin.com.tw
出版日期	初版一刷 2012 年 3 月
	初版七刷 2022 年 2 月修正
書籍編號	S809530
I S B N	978-957-14-5636-2

三民書局

序

如果說，單字是英文的血肉，文法就是英文的骨架。想要打好英文基礎，兩者實應相輔相成，缺一不可。

只是，單字可以死背，文法卻不然。

學習文法，如果沒有良師諄諄善誘，沒有好書細細剖析，只落得個見樹不見林，徒然勞心費力，實在可惜。

Guru 原義指的是精通於某領域的「達人」，因此，這一套「文法 Guru」系列叢書，本著 Guru「導師」的精神，要告訴您：親愛的，我把英文文法變簡單了！

「文法 Guru」系列，適用對象廣泛，從初習英文的超級新鮮人、被文法糾纏得寢食難安的中學生，到鎮日把玩英文的專業行家，都能在這一套系列叢書中找到最適合自己的夥伴。

深願「文法 Guru」系列，能成為您最好的學習夥伴，伴您一同輕鬆悠遊英文學習的美妙世界！

有了「文法 Guru」，文法輕鬆上路！

給讀者的話

英文文法是學習者在學習英文過程中最為頭痛的一個部分，也是讓很多人想放棄英文的主因；而英文卻又是身在地球村的我們最實用的利器。如果有清楚的指引，英文學習的效果一定會增加。

本書主要針對普高技高一年級的學生設計，延續國中文法的範疇，加入高中程度的觀念，溫故知新之餘能逐步提升功力。如果英文是你想加強的科目，本書將協助你在繁複文法規則中重新建立信心。而對任何想重新認識英文文法的各年齡層學習者，本書清楚詳實的說明可以幫助你們奠定穩固基礎。

「英文文法快速攻略」共編寫十二章，各章節息息相關，可以交互索引；有別於其他文法書，本書超越字詞層面，以句子架構為主軸，運用大量淺顯易懂的例句，輔以平實簡單的說明，附有一目了然的比較圖表（停看聽），搭配實用豐富的演練題目（Try it 與 Practice & Review），以期學習者可以擺脫支離破碎的文法觀念，循序漸進地將英文文法的重要概念融會貫通。

本書的很多設計概念都源自於真實的教學過程中學生所遇到的盲點，刻意避開艱澀繁複的專業用詞，用貼近學習者的語言闡述說明。在教學現場的教師可以將本書當作教學的輔助教材，而使用本書的自修者也能接收到真實課堂的講解內容。

在本書編寫過程中，承蒙王凱弘先生提供諸多寶貴意見並予以細心校正，使本書更為完善。唯本書雖再三仔細校閱，仍恐疏漏之處在所難免，敬請諸位先進及讀者海涵之餘能不吝來函指教。

Contents

1 觀念入門

1-1 英文的基本單位 —————— 001

1-2 單字的分類 ————————— 002

   1-2-1 名詞 —————————— 003

   1-2-2 代名詞 ————————— 004

   1-2-3 動詞 —————————— 005

   1-2-4 形容詞 ————————— 005

   1-2-5 副詞 —————————— 005

   1-2-6 介系詞 ————————— 006

   1-2-7 連接詞 ————————— 006

   1-2-8 感嘆詞 ————————— 007

1-3 片語的分類 ————————— 007

1-4 子句的分類 ————————— 008

   1-4-1 名詞子句 ———————— 009

   1-4-2 形容詞子句 ——————— 009

   1-4-3 副詞子句 ———————— 009

1-5 句子的分類 ————————— 009

2 五大句型

2-1 英文句子的構成成分 ———— 013

   2-1-1 主詞 —————————— 013

   2-1-2 動詞 —————————— 013

   2-1-3 受詞 —————————— 014

   2-1-4 補語 —————————— 014

2-2 五大句型 ————————— 015

   2-2-1 S + Vi ————————— 016

   2-2-2 S + Vi + SC ——————— 016

   2-2-3 S + Vt + O ——————— 018

   2-2-4 S + Vt + IO + DO ———— 019

   2-2-5 S + Vt + O + OC ———— 021

3 句子的種類

3-1 依【功能】分 ——————— 025

   3-1-1 敘述句 ————————— 025

   3-1-2 疑問句 ————————— 026

   3-1-3 祈使句 ————————— 027

   3-1-4 感嘆句 ————————— 027

3-2 依【結構】分 ——————— 028

   3-2-1 單句 —————————— 028

   3-2-2 合句 —————————— 029

   3-2-3 複句 —————————— 029

   3-2-4 複合句 ————————— 029

4 主詞動詞一致性

4-1 文法一致原則 ——————— 033

4-2 意義一致原則 ——————— 036

4-3 位置相近原則 ——————— 039

5 動詞時態

5-1 中文與英文的時間表達的差異 …………… 044

5-2 動詞的型態變化 …………… 045

5-3 英文時態的分類 …………… 045

5-4 動詞的時態 …………… 046

5-4-1 簡單現在式 …………… 046

5-4-2 簡單過去式 …………… 048

5-4-3 簡單未來式 …………… 049

5-4-4 現在進行式 …………… 051

5-4-5 過去進行式 …………… 052

5-4-6 未來進行式 …………… 053

5-4-7 現在完成式 …………… 054

5-4-8 過去完成式 …………… 056

5-4-9 未來完成式 …………… 056

5-4-10 現在完成進行式 …………… 057

5-4-11 過去完成進行式 …………… 058

5-4-12 未來完成進行式 …………… 059

6 助動詞

6-1 助動詞定義與種類 …………… 063

6-2 基本助動詞 …………… 064

6-3 情態助動詞 …………… 066

6-3-1 can/could …………… 067

6-3-2 may/might …………… 068

6-3-3 must …………… 070

6-3-4 will/would …………… 071

6-3-5 shall/should …………… 073

6-3-6 had better …………… 074

6-3-7 need 及 dare …………… 075

7 被動語態

7-1 被動語態的規則 …………… 080

7-2 被動語態的使用時機 …………… 081

7-3 八種時態的被動語態 …………… 084

7-4 被動語態的其他用法 …………… 088

7-4-1 情態助動詞的被動語態 …… 088

7-4-2 授與動詞的被動語態 …… 089

7-4-3 使役動詞與感官動詞的
被動語態 …………… 089

7-4-4 片語動詞的被動語態 …… 089

7-4-5 否定不定代名詞的被動
語態 …………… 090

7-4-6 特殊動詞的被動語態 …… 090

8 不定詞與動名詞

8-1 不定詞的特色 …………… 094

8-2 不定詞的功能 …………… 096

8-3 動名詞的特色 …………… 098

8-4 動名詞的功能 …………… 100

8-5 特殊用字 …………… 100

9 三大子句與關係詞

9-1 名詞子句 —————— 106

9-2 副詞子句 —————— 109

9-3 形容詞子句 ————— 111

9-4 that 的特殊用法 —— 114

9-5 限定用法與非限定用法 —— 115

9-6 關係副詞 —————— 117

9-7 複合關係代名詞 ——— 118

9-8 複合關係代名詞 wherever、whenever、however —— 120

10 分詞

10-1 分詞的種類 ————— 123

　10-1-1 現在分詞 ———— 123

　10-1-2 過去分詞 ———— 123

10-2 分詞的功能 (I) ——— 124

　10-2-1 形容詞 ———— 124

　10-2-2 主詞補語 ——— 125

　10-2-3 受詞補語 ——— 125

10-3 分詞的功能 (II) —— 126

　10-3-1 簡化對等子句 — 126

　10-3-2 簡化形容詞子句形成分詞片語 —— 126

　10-3-3 簡化副詞子句形成分詞構句 —— 127

10-4 分詞的功能 (III) —— 130

　10-4-1 獨立分詞片語 — 130

　10-4-2 表示附帶狀況 — 130

　10-4-3 受詞補語類型 — 131

11 間接問句/附加問句/倒裝句

11-1 間接問句 —————— 135

11-2 附加問句 —————— 137

11-3 倒裝句 —————— 140

12 假設語氣

12-1 假設語氣的使用時機 —— 147

12-2 假設語氣的種類 ——— 148

12-3 省略 If 的假設語氣 — 150

12-4 假設語氣的其他形式 — 151

Ans 參考解答 —————— 159

略語表

Adj	Adjective　形容詞
Adv	Adverb　副詞
Aux	Auxiliary　助動詞
DO	Direct Object　直接受詞
IO	Indirect Object　間接受詞
N	Noun　名詞
O	Object　受詞
OC	Object Complement　受詞補語
P	Predicate　述部
Prep.	Preposition　介系詞
S	Subject　主部／主詞
SC	Subject Complement　主詞補語
V	Verb　動詞
Vi	Intransitive Verb　不及物動詞
V-ed	Past Tense　過去式
V-p.p.	Past Participle　過去分詞
V-ing	Present Participle/ Gerund　現在分詞／動名詞
Vt	Transitive Verb　及物動詞
wh～	Wh 開頭的疑問詞 (What/Why/When/Where/How)

chapter 1 觀念入門 (Overview)

通往英語學習路途上有兩道關卡，【單字】與【文法】。26 個英文字母，卻可以像變魔法般變化出無窮盡的單字。有一些方法可以幫助記憶單字，例如聯想法、搜尋上下文等等。不過單字這關，完全是「師父領進門，修行在個人」。沒有什麼捷徑，需靠自己重複記憶、廣泛閱讀、用功背誦，才能有所進步。

另外一個關卡則是文法。你有遇過一個句子中單一的單字大部分都認識，可還是面臨句子看不懂的窘境嗎？或是一個句子中出現好多個動詞，但無法分辨出哪一個才是真正的動詞？如果有，你的問題可能就在於無法正確解析句子結構。

何謂文法呢？簡單說就是在探究在一個句子中，各個元素如何組織在一起？為什麼不同的單字會放在句子的不同位置？

1-1 英文的基本單位

首先我們必須先了解英文的基本單位，還有各種單位之間的關係。如下圖所示：

Article (文章)

Paragraph (段落)

Sentence (句子)

Clause (子句)

Phrase (片語)

Word (單字)

Letter (字母)

> 各個單位相輔相成構成一篇有意義的文章，如同房子是由磚塊、門窗等組合而成。而句子 (sentence) 則是關鍵所在，是最多問題產生的地方，重要性如同房屋的樑木。解析句子的結構是英文學習的重點。

例如 g、e、t 三個字母構成 get 這個單字，get 搭配 up 構成 get up (起床) 這個片語。片語再加上主詞 I、副詞 early 與片語 every day 就會形成一個具有意義的句子：I get up early every day.。

🍃 **Try it!** 重組句子 (句首請自行改成大寫)。

1. yesterday/our teacher/my classmates and I/visited

_____

2. the girl/and two dresses/three skirts/has

_____

3. was/very/the football game/exciting

_____

4. every weekday/by bus/Peter/goes to school

_____

5. some fresh apples/bought/my mom/in the supermarket

_____

1-2 單字的分類

本章接下來要按照英文句子的基本單位由小到大，一一介紹英文中各個單位，包含單字、片語、子句與句子。

要了解英文句子，先從單字開始。單字 (word) 是構成一個有意義的句子最基本的單位，不同的單字隸屬於不同的【詞類】，也擁有不同的【詞性】。

單字 (word)
英文單字依其在句子裡的功用，共分 8 類，稱為【八大詞類】 (Parts of Speech)。

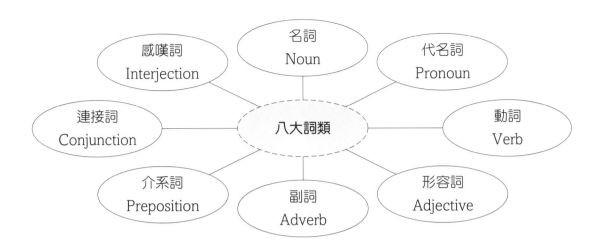

1–2–1. 名詞 (Noun)：

表示人、事物、時間、地點或抽象概念名稱的詞，分類請看下表圖示：

普通名詞：
(1) 單數於前方加冠詞 a、an 或 the，如：a desk, a box, the strawberry。
(2) 複數於字尾加 s、es 或去 y 加 ies，如：desks, two boxes, the strawberries。

集合名詞：一群類似的個體結合而成的集合體。
　　如：family (家庭，家人)，class (班級，全班) 等。

專有名詞：如：人名 (Tina)、地名 (Taipei)、國名 (Japan)、節日 (Christmas) 等。

物質名詞：指無固定型態之物質，如：材料、食物、液體、金屬、化學元素等。

抽象名詞：指無具體形象，看不到、摸不到、聞不到卻可以感受得到的東西。如：fun, happiness, health, knowledge, time 等。

1-2-2. 代名詞 (Pronoun)：

代替名詞的詞，避免重覆，讓句子更簡潔。

(1) 人稱代名詞	I, you, he, she, it, they, we 等 ❋ **They** are senior high students. (他們是高中生。) ❋ **It** is a monkey. (它是一隻猴子。)
(2) 所有代名詞	mine, yours, his, hers, its, theirs, ours 等 ❋ The clothes in the basket are **hers**. (籃子裡的衣服是她的。) ❋ Your house is bigger than **ours**. (你的房子比我們的大。)
(3) 反身代名詞	myself, yourself, itself, himself, herself, themselves, ourselves 等 ❋ I believe **myself**. (我相信我自己。) ❋ You should help **yourself**. (你要自己幫助你自己。)
(4) 相互代名詞	each other, one another 等 ❋ They love **each other**. (他們彼此相愛。) ❋ People should help **one another**. (人要互相幫助。)
(5) 指示代名詞	this, that, these, those 等 ❋ **These** comic books are funny, but **those** are not. (這些漫畫書很好笑，但那些就不好笑了。) ❋ I want that watch, not **this**. (我要那支錶，不是這支。)
(6) 疑問代名詞	who, whom, whose, which, what 等 ❋ **Who** is the boss? (誰是老闆？) ❋ **What** is on the table? (桌上的是什麼？)
(7) 關係代名詞	who, whom, whose, which, that 等 ❋ The dog **which** is running in the yard is cute. (在院子裡跑的那隻狗很可愛。) ❋ I know the girl **who** is talking to JoJo. (我認識那個正在跟 JoJo 講話的女生。)
(8) 不定代名詞	some, any, none, all, one, each, many, someone, anything 等 ❋ **Each** of the members in this club is polite. (這個社團的每個成員都很有禮貌。) ❋ Do you need **anything** to drink? (你需要任何飲料嗎？)

🌳 1–2–3. 動詞 (Verb)

表示動作，存在或狀態。

Examples

* I **play** basketball twice a week. (我一週打兩次籃球。)
* We **went** to Japan together this summer. (我們今年夏天一起去了日本。)
* He **is** a senior high school student. (他是一個高中生。)
* We **are** happy every day. (我們每天都快樂。)

🌳 1–2–4. 形容詞 (Adjective)

當作名詞的化妝師，用以修飾名詞或代名詞，形容人或事物的特徵。

Examples

* A **pretty** girl is smiling at me. (一個漂亮的女生正在對我微笑。)
* It is a **boring** day. (無聊的一天。)

🌳 1–2–5. 副詞 (Adverb)

修飾動詞、形容詞、副詞、片語、子句或整個句子，讓動作或是特徵更為明確。

分為以下 8 類：

種類	範例
(1) 時間副詞	now, yesterday, soon... ● We had a good time **yesterday**. (我們昨天玩得很開心。)
(2) 地方副詞	here, there... ● She lives **there**. (她住那裡。)
(3) 情狀副詞	carefully, slowly, happily, fast... ● You cannot drive too **fast** in this old town. (你不能在這個古城中開車太快。)
(4) 程度副詞	very, too, much, almost... ● I felt **very** tired after running ten kilometers. (跑十公里之後我感到非常累。)

(5) 頻率副詞	often, always, once, sometimes... ✹ Jimmy is **often** late for school. (Jimmy 常常上學遲到。)
(6) 疑問副詞	when, where, how, why... ✹ **Where** do you come from? (你來自哪裡？)
(7) 連接副詞	however (然而), otherwise (否則), therefore (因此)... 又稱為【轉折語】(transitional words)，在文章的句子之間扮演起承轉合的作用 ✹ Linda is kind to everyone; **therefore**, many people like her. (Linda 對每個人都很親切，因此許多人都喜歡她。)
(8) 關係副詞	where, when, why, how... ✹ Nobody knows **how** to open the door. (沒有人知道如何打開這個門。)

🌳 1-2-6. 介系詞 (Preposition)

可以放在名詞或代名詞前面，在句中構成介系詞片語，作為形容詞或副詞之用。

Examples

✹ The book **on** the table is my birthday gift. (桌上那本書是我的生日禮物。)

➡ 此為介系詞片語當形容詞用，形容 the book。

✹ Let's go swimming **at** 3 o'clock. (我們三點去游泳。)

➡ 此為介系詞片語作為副詞用，修飾動詞片語 go swimming。

🌳 1-2-7. 連接詞 (Conjunction)

連接「詞與詞」、「片語與片語」或「子句與子句」，具有使句子「**變長**」或「**複雜化**」的功能。

Examples

✹ I need a pen **and** a notebook.

(我需要一支筆與一本筆記本。) ➡ 連接兩個名詞

✹ Is that painting on the wall **or** under the table?

(那幅畫是在牆上或是在桌子下呢？) ➡ 連接兩個片語

✹ John likes traveling abroad **because** he can meet people from all over the world.

(John 喜歡出國旅行，因為他可以遇到來自全世界的人。) ➡ 連接兩個子句

🌳 1–2–8. 感嘆詞 (Interjection)

表示說話時的感情或口氣。

Examples

❋ **Oh!** I forgot to bring my key! (喔！我忘記帶鑰匙了！)

❋ **Alas!** I made a big mistake! (哎呀！我犯了一個大錯！)

停看聽

【詞類變化】

　　判讀詞性非常重要，一個單字有時會有好幾個相關的詞類變化，這部分是考試常出題的方向。背單字時要特別注意單字的詞性，如果可以熟悉單字的詞性，考試時你就可以依據詞性在選擇題或是填空題中寫出正確答案。

❶ 填空題：He is a ＿＿＿＿＿＿＿ (success) man. (他是個成功的人。)

　　說明：因為 man 是名詞，能形容【名詞】的詞性只有【形容詞】，因些空格要填 successful。

❷ 改錯題：He success in his business. (✕)(他的生意很成功。)

　　說明：He 是主詞，後面需要動詞來完成這個句子，但 success 是名詞，只能當主詞或受詞。
　　　　　因此要改成動詞 succeeds/succeeded。

【身兼數職的英文單字】

　　有時一個英文同時具有多個詞性，隸屬不同的詞類。如何判斷屬於何種詞類要根據該字在句中所擔任的角色而定。 例如：**record** 有 2 種詞性。

❶ n 名詞 : He broke the **record** for the 100 meters. (他打破 100 公尺的紀錄。)

❷ v 動詞 : Please **record** the TV program for me. (請幫我**錄**下那個電視節目。)

1-3 片語的分類

片語 (Phrase)

二個以上的單字組成，不含主詞，來表達出一個**完整的觀念**，並做為某一詞類。

按【功能】可以將片語分為以下 8 類：

1. 當名詞	5. 當副詞
❋ **To get up early** is not easy. (早起不容易。) ❋ I don't know **what to do**. (我不知道**要做什麼**。)	❋ The nurse treated the patient **with kindness**. (這個護士對待病人體貼。) ❋ **To tell the truth**, I don't like him at all. (說實話，我一點也不喜歡他。)
2. 當代名詞	6. 當介系詞
❋ George and Mary love **each other** very much. (George 和 Mary 非常相愛。)	❋ A river is **in front of** my house. (我的房子**前面**有一條河。) ❋ There is a small house **at the top of** the mountain. (在山頂上有一間小房子。)
3. 當動詞	7. 當連接詞
❋ You should **take off** your shoes before entering the room. (進房間之前要**脫鞋**。)	❋ **As soon as** I get there, I will write to you. (我一到那裡，就會寫信給你。) ❋ I will marry him **even though** he is not rich. (**即使**他不富有，我也會嫁給他。)
4. 當形容詞	8. 當感嘆詞
❋ The girl **in red** is my sister. (**穿紅衣服的**女生是我姐姐。) ❋ The book **written in English** is mine. (那本**用英文寫的**書是我的。)	❋ **My goodness**, I forgot to wear my glasses! (**我的天啊**！我忘記戴眼鏡了！)

1-4 子句的分類

子句 (Clause)
由多個單字或片語組成來表達一完整觀念的單位，有主詞與動詞，但**無法獨立存在**。

主要分為三類：**(1)** 名詞子句　**(2)** 形容詞子句　**(3)** 副詞子句 (➡ 第 9 章有詳述)

1–4–1. 名詞子句

以疑問詞或 that、if 等【從屬連接詞】引導的子句。用來當句子中的**主詞**或**受詞**。

Examples

❋ **That** the earth is round is true. (**地球是圓的**是對的。) ➡ 當作主詞

❋ I don't know **where** she is now. (我不知道**她現在在哪裡**。) ➡ 當作受詞

1–4–2. 形容詞子句 =【關係代名詞子句】

Examples

❋ We need a secretary **who** can speak French.

(我們需要一個**會說法文的**秘書。)

❋ The boy **who** is playing tennis is my little brother.

(那個**在打網球的**男孩是我弟弟。)

1–4–3. 副詞子句

由從屬連接詞引導，表達時間、地方、條件、狀態等。

Examples

❋ I moved to Hong Kong **when** I was ten.

(我**十歲的時候**搬家去香港。)

❋ **If** it rains tomorrow, we will not go camping.

(**如果明天下雨**，我們就不去露營。)

1–5 句子的結構

句子 (Sentence)

具有完整意義的一句話。需有**主部** (subject) 與**述部** (predicate)。

構成元素：1. 主部：主詞

2. 述部：主詞之外的部份，如動詞、受詞、補語、修飾語等。

我們可以用樹狀圖來呈現以下這個句子的結構:

✸ **The girl laughed at the monkey loudly.**

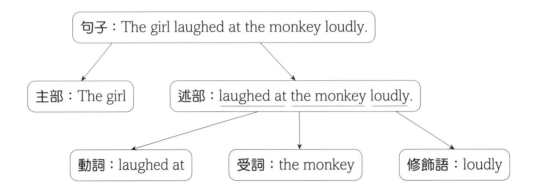

【句子 Sentence】vs. 【子句 Clause】

句子 Sentence	子句 Clause
有主詞與動詞,意義完整,可以獨立存在,具有標點符號。	有主詞和動詞,但要放在主要子句中才具有意義,**不能獨立存在**,往往是在句子前面加上關係代名詞像是 that, who, which, 或連接詞 if, whether, when 等。
✸ The earth is round. ✸ They like the food. ✸ I opened the box.	➡ **that** the earth is round ➡ **whether/if** they like the food ➡ **when** I opened the box

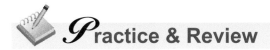

Practice & Review

I. 將左方的英文單字填入右方適當的詞性欄位中。

New York, is/are, teacher, we, strong, angrily, walk, from, oh, happiness, because, become, computer, heavily, yourself, beautiful, among, whether, ah, sky, soft, although, happy, he, with, move, wonderful, always, bird, but, her, Bill Gates, win, alas, under, coldly	1. 副詞：_____ 2. 名詞：_____ 3. 動詞：_____ 4. 形容詞：_____ 5. 代名詞：_____ 6. 連接詞：_____ 7. 感嘆詞：_____ 8. 介系詞：_____

II. 判斷下列句子中劃線單字的詞性。

1. _____ Joanne speaks English well. (Joanne 英文說得很好。)
2. _____ We cannot live without water and air. (沒有水與空氣，我們無法生存。)
3. _____ Tom is looking for his key. (Tom 正在找他的鑰匙。)
4. _____ She often plays the guitar after school. (她常常在放學後彈吉他。)
5. _____ My father works in a small restaurant. (我父親在一間小餐廳工作。)

III. 請判斷下列片語的種類。

with excitement the United States next to the windows of the room is interested in	dressed in black as if in need of each other in surprise	one another with glasses my god even if make fun of

1. 當名詞：_____
2. 當動詞：_____
3. 當代名詞：_____
4. 當形容詞：_____
5. 當副詞：_____
6. 當介系詞：_____

7. 當連接詞：_____

8. 當感嘆詞：_____

IV. 請畫出下列句子的主部與述部。(主部 → S，述部 → P 表示)。

1. Birds fly high.

2. The cat runs after the rat.

3. The snow fell.

4. The snow fell slowly to the ground.

5. The author who wrote the book died in 2003.

V. 判斷下列結構是句子或是子句，請忽略第一個字的大小寫與標點符號。

(句子 → S，子句 → C 表示)。

1. _____ I live in Taipei, but I work in Taichung

2. _____ because Snoopy is my favorite cartoon character

3. _____ Snoopy is my favorite cartoon character

4. _____ who has the big eyes

5. _____ that the earth is round

6. _____ I will be late

7. _____ where do you live

8. _____ where you live

9. _____ John will buy a big house

10. _____ if John buys a big house

2 五大句型

有了第 1 章的基本概念之後，接下來將正式進入句子的層面。在說明五大句型之前，必須先對英文句子的構成成分做簡單說明。這些概念是基礎，可以輔助學習者更精確地分析英文句子。

2-1 英文句子的構成成份

構成成分

四大元素：主詞 (Subject)、動詞 (Verb)、受詞 (Object)、補語 (Complement)

英文句子中重要的成分如下：

2-1-1. 主詞 (Subject)：指一個句子所要敘述的對象。

Examples

* **The painting** is expensive. (這幅畫很貴。)
* **The boys** usually play basketball after school. (這些男生通常放學後打籃球。)

2-1-2. 動詞 (Verb)：用以表示動作或狀態。

A. 及物動詞 (transitive verb)：

後面必須加受詞意義才完整的動詞，可以直接加上「人」或「物」。

Examples

* He **gave** me a book. (他給我一本書。)
* Many people **like** ice cream. (很多人喜歡冰淇淋。)
* I **have** a dream. (我有一個夢想。)

B. 不及物動詞 (intransitive verb)：

後面不須加受詞且本身具有實際意義的動詞，不能直接加上「人」或「物」，需有介系詞如 **in**, **at**, **on** 等引導。

Examples

* Birds **fly**. (鳥會飛。)
* My watch **stopped**. (我的錶停了。)
* It **happened in** 2000. (這件事發生於 2000 年。)
* We will **arrive at** the airport at 9:00. (我們 9 點會到機場。)

C. 兼具及物動詞與不及物動詞特質的動詞：

Examples

* I **played**. (我玩耍。) ➡ 不及物動詞
* I **played** online games. (我玩線上遊戲。) ➡ 及物動詞
* Don't **talk** loudly! (別大聲說話。) ➡ 不及物動詞
* Businessmen often **talk** golf and politics. (生意人常常談論高爾夫及政治。) ➡ 及物動詞

2−1−3. 受詞 (Object)：因受動詞影響而產生後續結果的對象。

Examples

* They are playing **football**. (他們在玩足球。)
* She takes care of **her brother**. (她照顧她哥哥。)

2−1−4. 補語 (Complement)：補充說明主詞或受詞的狀態。

補語有兩種：

A. 主詞補語 (SC)

* John is **a hero**. (John 是一個英雄。)

  a hero = John，John 是主詞。

B. 受詞補語 (OC)

* I called John **Hero**. (我稱 John 為英雄。)

  Hero = John，John 是受詞。

停看聽

【一個句子中動詞的重要性】

　　遇到考題時，從動詞下手往往是解題的關鍵。能找出一個句子真正的動詞，很多題目都可以迎刃而解。解析英文句子時要把握兩個重點：

❶ 一個句子中最重要的成分是———**動詞 (Verb)**。一個句子只會有一個最主要的動詞。

❷ 一個句子中有實際動作時，用**一般動詞**；沒有實際動作時，用 **be 動詞**。

請看下面兩個句子：

❀ I **walk** to school every day. （我每天走路上學。）

❀ I **am** a student. （我是一個學生。）

說明：第一句中的動詞是 walk（走路），是一個有實際動作的動詞；第二句中的動詞是 am
　　　（是），為 be 動詞，呈現一種狀態，但卻是這個句子中的動詞。

2-2 五大句型

英文句子大部份都會依據下列句型構句：

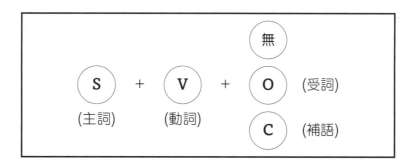

　　一個句子可以只有 **S + V**，例如：Mary smiles. 也可以是：**S + V + O**，例如：George loves Mary. 或是 **S + V + C**，例如：Mary is beautiful. 或是 **S + V + O + C**，例如：He makes her happy. 也可以是 $S + V + O_1 + O_2$，例如：George gave Mary flowers.

　　句型會因為【動詞】不同而有所改變。這些句型的基本組合就是本章的重點：五大句型。

五大句型

1. S + Vi + (Adv)　　2. S + be 動詞/連綴動詞 + SC　　3. S + Vt + O
4. S + 授與動詞 + O_1 + O_2　　　　　　　　　　　5. S + Vt + O + OC

2-2-1. 句型一：S + Vi

S + Vi + (Adv)
(主詞 + 不及物動詞)
☀ Mary smiles (happily). (Mary (快樂地) 笑。)

　　此句中動詞 smile 本身就可表達完整的概念，不需受詞及補語，也就是前面所提到的
【不及物動詞】。如果想要讓這個句子語意更為詳盡，可以運用【副詞】，如本句中的 happily
修飾句子。

Examples

☀ Mary smiles **happily**. (Mary 開心地微笑。)
☀ Mary smiles **every day**. (Mary 每天都微笑。)
☀ Mary smiles **when she sees George**. (Mary 每當看到 George 都會微笑。)

停 看 聽

【簡單句】如同素人一般，平淡無奇。

【修飾語】如同化妝品、皮帶、項鍊等配件一樣讓人增色，如上面例句中的 happily、every day、
　　　　　when she sees George 都是【修飾語】，功能是美化修飾句子，讓語意更加清楚
　　　　　詳盡。可當修飾語者有：**副詞** (happily)、**副詞片語** (every day)、**副詞子句** (when
　　　　　she sees George)。

2-2-2. 句型二：S + Vi + SC

S + be 動詞/連綴動詞 + SC
(主詞 + be 動詞/連綴動詞 + 主詞補語)
☀ She is beautiful. (她是漂亮的。)

如果句子只是 She is，主詞本身的意思不夠清楚，需要加入一些字詞來補充說明主詞的特性或狀態，所補充的部份即為【主詞補語】(SC)。此類動詞為【be 動詞】與【連綴動詞】。

A. 主詞補語 (SC) 大多都是形容詞 (Adj) 或是名詞 (N)。

Examples

* Sandra becomes **popular**. (Sandra 變得受歡迎。) ➡ 形容詞
* Sandra is **a singer**. (Sandra 是一位歌手。) ➡ 名詞

➡ 第 1 句中的 popular 與第 2 句中的 a singer 補充說明了主詞 Sandra，讓我們知道她的詳細訊息，如果沒有他們，這兩句話的意義就不夠完整了。

B. 需要主詞補語 (SC) 的動詞有兩種：

be 動詞：am/is/are/was/were

Examples

* The books **are** interesting. (這些書很有趣。)
* It **was** a sunny day. (這是晴朗的一天。)

連綴動詞：

(1) 似乎：appear, seem
(2) 感覺：feel, look, sound, smell, taste
(3) 變成：become, come, fall, get, go, grow, run, turn
(4) 保持：keep, remain, stay
(5) 狀態：lie, sit, stand

Examples

* The teacher **seemed** angry. (老師似乎生氣了。)
* The soup **tasted** delicious. (這湯嚐起來很美味。)
* The leaves **grew** yellow. (葉子變黃了。)
* They **remained** good friends after ten years. (十年後他們仍然是好友。)
* The solider **stood** still. (這個士兵站著不動。)

🍃 **Try it!** 請寫出以下句子的原型。

Ex: **We are great.** → S + be 動詞 + SC.

1. (1) She looks happy. _____

  (2) She sings happily. _____

2. (1) My grandmother stayed healthy. _____

  (2) My grandmother stayed for a week. _____

3. (1) The dog appeared suddenly. _____

  (2) The dog appeared tired. _____

🌳 **2–2–3.** 句型三：**S + Vt + O**

S + Vt + O
(主詞 + 及物動詞 + 受詞)
George loves Mary. (George 愛 Mary。)

如果句子只是 George loves 句意不明確；動詞本身需要一個受詞，句意才完整。

➡ 名詞、代名詞、名詞片語、名詞子句、不定詞片語、動名詞皆可作【受詞】。

Examples

☀ The bird ate **the apple**. (小鳥吃了蘋果。) ➡ 名詞

☀ Everyone likes **him**. (每個人都喜歡他。) ➡ 代名詞

☀ We need **sleeping**. (我們需要睡覺。) ➡ 動名詞

☀ I hope **to go to America**. (我希望去美國。) ➡ 不定詞片語

☀ The boy knows **what to do**. (這個男生知道該做什麼。) ➡ 名詞片語

☀ No one knows **where he lives**. (沒有人知道他住哪裡。) ➡ 名詞子句

🍃 **Try it!** 請畫線找出下列句子的受詞，並寫出受詞的種類。

1. They need money. _____

2. I don't know where to go. _____

3. He thinks that the book is good. _____

4. George loves Mary. _____

5. They want to go dancing. _____

6. He enjoys talking to people. _____

2-2-4. 句型四：S + Vt + IO + DO

> S + Vt (授與動詞) + IO (O_1) + DO (O_2)
>
> (主詞 + 授與動詞 + 受詞 1 + 受詞 2)
>
> ☀ George gave her flowers. (George 送她花。)

　　如果句子只是 George gave her，或 George gave flowers，語意都不清楚。動詞 gave 本身需要兩個受詞 (O_1 與 O_2) 句意才能完整，O_1=【間接受詞 IO】，O_2=【直接受詞 DO】。這種句型還可以寫成帶有【介系詞】的句子。

$$S + 授與動詞 + O_1 + O_2 = S + 授與動詞 + O_2 + 【介系詞 (Prep.)】 + O_1$$

Examples

☀ George **gave** her flowers.

　= George **gave** flowers **to** her. (George 送她花。)

☀ My girlfriend **made** me a cake.

　= My girlfriend **made** a cake **for** me. (我女友做蛋糕給我吃。)

☀ I **asked** him a question.

　= I **asked** a question **of** him. (我問他一個問題。)

需要兩個受詞的動詞，稱為【授與動詞】，依據搭配的介系詞不同，可以分為兩類：

(A) 搭配介系詞 **to** 的授與動詞

bring (帶來)、give (給)、lend (借給)、offer (提供)、pay (付錢)、teach (教)、tell (告訴)、write (寫)、read (讀)、sing (唱歌)、sell (賣)、hand (遞、給)、send (寄給)、show (指示)、pass (傳遞)、deliver (傳送、運送)、owe (欠)、take (拿)、throw (丟)、promise (承諾)...

Examples

☀ I **wrote** a letter **to** a friend in Japan. (我寫一封信給日本的一個朋友。)

☀ The boss **offered** a chance **to** the young man. (這個老闆提供這個年輕人一個機會。)

☀ I **owe** one hundred dollars **to** Gary. (我欠 Gary 一百元。)

(B) 搭配介系詞 **for** 的授與動詞

book (預訂)、build (建造)、buy (買)、choose (選擇)、cook (煮)、get (拿到)、leave (留給)、make (做、製造)... 、order (訂購)、play (播放、reserve (預訂、保留)、save (保留、儲存)、sing (唱歌)

Examples

☀ Steven **bought** a cake **for** his mother. (Steven 買了一個蛋糕給他媽媽。)

☀ The king **built** a castle **for** his loving queen. (這個國王建了一座城堡給他心愛的王后。)

☀ I **left** a message **for** my husband. (我留了一個訊息給我丈夫。)

停看聽

授與動詞最常接的介系詞是 **to** 或 **for**

❶ 表示動作是【為誰而做】，表示用意與目的，介系詞通常用for。

❷ 表示動作是【對誰而做】，指示接受對象是誰，介系詞通常用to。

❸ 例外：**ask**、**play**

  (A) **ask** (問) 介系詞用**of**：

    ☀ She **asked** her teacher a question.

      = She **asked** a question **of** her teacher. (她問了老師一個問題。)

  (B) **play** (愚弄、使詭計) 介系詞用**on**：

    ☀ He **played** me a joke.

      = He **played** a joke **on** me. (他對我開了一個玩笑。)

🍃 **Try it!** 請將下列句子互相代換改寫或翻譯。

1. Kevin gave me a bag. = _____

2. Sue bought a book for me. = _____

3. He asked me a question. = _____

4. 我寫信給一個在美國的朋友。

  (1) _____

  (2) _____

2–2–5. 句型五：S + Vt + O + OC

> **S + Vt + O + OC**
> **(主詞 + 及物動詞 + 受詞 + 受詞補語)**
> He makes her happy. (他讓她很快樂。)

　　有些動詞本身除了一個受詞之外，還需要補語來補足，使句子語意完整。例句中 happy 是指受詞 her 的狀態，而非主詞 He，所以 happy 為【受詞補語】。受詞補語會因為搭配的【動詞】不同而改變。相關的動詞可以分兩類，如下：

(A)

S + **V (動詞)** have, make, get, keep, find, think, consider, believe, leave, drive + O + **OC (受詞補語)**
(1) N
(2) Adj
(3) V-ing [表主動]
(4) V-p.p. [表被動]

Examples

- You **made** me a better man. (你讓我成為一個更好的人。)
  [**N**]
- You **made** me happy. (你讓我快樂。)
  [**Adj**]
- John **kept** me waiting. (John 讓我一直等。)
  [**V-ing**]
- John **had** his car washed. (John 洗了他的車。)
  [**V-p.p.**]

(B)

S + **V (動詞)** call (稱…為), name (命名), elect (選舉), choose (選擇), appoint (任命), declare (宣稱) + O + **OC (受詞補語) N**

Examples

- We **call** Dr. Sun Yat-sen "The Founding Father." (我們稱孫逸仙博士國父。)
  [**N**]

✸ I **named** my puppy "Coco". (我將小狗命名為 Coco。)
                   [N]

✸ We **elected** Bill (to be) our class leader. (我們選 Bill 當作班長。)
                       [N]

✸ They **appointed** Peter (as) captain of the team. (他們任命 Peter 為隊長。)
                     [N]

🍃 **Try it!**　根據提示填入適當的受詞補語。

1. 我們選 James 為班長。

   We elected James _____.

2. 我發現這房間是空的。

   I found the room _____.

3. 我們相信他是一個好人。

   We believe him _____.

4. 這個女生看到狗被偷了。

   The girl saw the dog _____.

5. Mary 感覺到房子在搖動。

   Mary felt the house _____.

𝒫ractice & Review

I. 請以 **S + Vi**，**S + Vt + O**，**S + Vt + C** 分析下列句子。

Ex: **My dream came true. (S + Vt + C)**

1. The baby saw her mother.
2. Tiffany cleaned her house yesterday.
3. The little girl cried loudly.
4. The boy is very tall.
5. Talking in English can be fun.

II. 判斷題：依據五大句型，選出下列各句正確的種類。

1. (　　　) Mom told me a lovely story on the bed.
   (A) S + Vi　　　　　　　　(B) S + Vi + SC
   (C) S + Vt + O　　　　　　(D) S + Vt + IO + DO

2. (　　　) The smell made me sick.
   (A) S + Vi + SC　　　　　　(B) S + Vt + O
   (C) S + Vt + IO + DO　　　(D) S + Vt + O + OC

3. (　　　) No one can live without water.
   (A) S + Vi　　　　　　　　(B) S + Vt + O
   (C) S + Vt + IO + DO　　　(D) S + Vt + O + OC

4. (　　　) The students asked the teacher a lot of questions in the class.
   (A) S + Vi　　　　　　　　(B) S + Vt + IO + DO
   (C) S + Vt + O + OC　　　(D) S + Vi + SC

5. (　　　) The car can run very fast.
   (A) S + Vi　　　　　　　　(B) S + Vi + SC
   (C) S + Vt + IO + DO　　　(D) S + Vt + O + OC

III. 選擇題

1. (　　　) Look outside! It's _____ dark. Let's go home.
   (A) making　　(B) letting　　(C) having　　(D) getting

2. (　　　) For many people, seeing a movie _____.
   (A) their favorite　　　　　(B) both exciting and happy
   (C) is a good pastime　　　(D) feels pleasant

3. (　　) On my way home, I found a dog ＿＿＿ (輾過) by a car on the road.

　　(A) to run over　　(B) run over　　(C) ran over　　(D) running over

4. (　　) His success made his parents ＿＿＿.

　　(A) happy　　(B) happily　　(C) laughing　　(D) laughed

5. (　　) When I went back home, ＿＿＿.

　　(A) I found my wallet was stealing　　(B) I found my wallet to steal

　　(C) I found my wallet stolen　　(D) my wallet was stole

IV. 填入適當的介系詞。

1. He offered lots of help ＿＿＿＿＿＿＿＿＿ me.

2. I can find the lost watch ＿＿＿＿＿＿＿＿＿ mom.

3. My girlfriend made a cake＿＿＿＿＿＿＿＿＿ me.

4. I asked a question ＿＿＿＿＿＿＿＿＿ him.

5. The teacher brought a good news ＿＿＿＿＿＿＿＿＿ us.

V. 依句型改寫以下句子。

Ex: **I will send you an e-mail.** (S + Vt + IO + DO)

　　→ I will send an e-mail to you. (S + Vt + DO + prep. + IO)

1. My girlfriend writes me a letter every week.

　　→ ＿＿＿＿＿＿＿＿＿＿＿＿＿＿＿＿＿＿＿＿＿

2. She lent some comic books to her friends.

　　→ ＿＿＿＿＿＿＿＿＿＿＿＿＿＿＿＿＿＿＿＿＿

3. The bad boys played a mean trick on the old man.

　　→ ＿＿＿＿＿＿＿＿＿＿＿＿＿＿＿＿＿＿＿＿＿

4. Mr. Huang offered William a new job.

　　→ ＿＿＿＿＿＿＿＿＿＿＿＿＿＿＿＿＿＿＿＿＿

5. The kind lady brought some apples for those hungry kids.

　　→ ＿＿＿＿＿＿＿＿＿＿＿＿＿＿＿＿＿＿＿＿＿

第 2 章五大句型是英文句子的原型，並非代表全部的句子。本章重點是在五大句型的基礎上，進一步介紹各種不同的英文句子。

英文句子的種類
按【功能】分 4 種：敘述句、疑問句、祈使句、感嘆句
按【構造】分 4 種：單句、合句、複句、複合句

 **3-1 依【功用】分**

🌲 **3-1-1.** 敘述句 **(Declarative Sentence)**

是最常見的句子類型，有肯定和否定兩種用法，功能如下：

> **A. 說明事實、表明態度或陳述看法。**

Examples

❋ Air and water are important for people. (空氣與水對人很重要。)

　　➡ 說明事實

❋ I don't want to join in the game. (我不想加入這場比賽。)

　　➡ 表明態度

❋ This is not a fair game. (這不是一場公平的比賽。)

　　➡ 陳述看法

> **B. 描述或說明動作、狀態、道理、原因等。**

Examples

❋ The dog is running fast. (這隻狗跑很快。) ➡ 描述動作

❋ The water in the pond is cold. (池塘裡的水很冷。) ➡ 說明狀態

❋ We got lost because it was dark. (我們因天色灰暗而迷路。) ➡ 說明原因

3-1-2. 疑問句 (Interrogative Sentence)

用於提問，可分為以下四類：

A. 一般疑問句 (Yes-No/Reply Question)

用來詢問某事，答案通常是 yes 或 no 開頭。也叫【Yes/No 問句】，可以簡答或詳答。

Examples

◉ Is it a beautiful day? (今天是美好的一天嗎？)

　　簡答：Yes, it is./No, it isn't.

　　詳答：Yes, it is a beautiful day./No, it is not a beautiful day.

◉ Do you like dancing? (你喜歡跳舞嗎？)

　　簡答：Yes, I do./No, I don't.

　　詳答：Yes, I like dancing./No, I don't like dancing.

◉ Can you understand it? (你可以理解嗎？)

　　簡答：Yes, I can./No, I can't.

　　詳答：Yes, I can understand it./No, I can't understand it.

B. 特殊疑問句 (Information/Wh-Question)

對某件事或某種情況具體內容的提問，針對哪一方面提問，會有搭配的疑問詞，通常牽涉到 **6W1H** (who, whose, why, when, what, where, how) 的問題，也叫【Wh-問句】。

Examples

◉ Q: **When** will you go to France? (你何時要去法國？)

　　A: Next summer. (明年夏天。)

◉ Q: **What** are you going to do this weekend? (你這個週末打算做什麼？)

　　A: I will go hiking with my family. (我要跟我家人去健行。)

C. 選擇疑問句 (Alternative Question)

提出兩種或兩種以上的選項，要求對方選擇其中之一。

Examples

◉ Is she a teacher **or** a doctor? (她是老師或醫生呢？)

◉ How can we go there, by bus **or** by train? (我們怎麼到那裡，搭公車或是火車呢？)

D. 附加問句 (Tag Question)

當說話者對於某種狀況不是很確定或需要進一步證實時使用。放於句子末端，翻譯成：『不是嗎？對不對？』(→ 附加問句將在第 11 章詳述)

Examples

❋ It is a nice day, **isn't it**? (今天天氣很好，不是嗎？)

❋ He can't swim, **can he**? (他不會游泳，不是嗎？)

❋ Mary didn't fail her exam, **did she**? (Mary 沒有考不及格，不是嗎？)

3-1-3. 祈使句 (Imperative Sentence)

表達命令、要求、請求、勸告、建議、禁止等，省略主詞之後，用原形動詞開頭，也叫【命令句】。可分為兩種：

A. 對第二人稱的祈使句

Examples

❋ (**You**) Stand up. (起立。)

❋ (**You**) Don't make any noise. (別製造噪音。)

> → 主詞 you 常被省略。如果為了強調，也會保留。

B. 對第一、三人稱的祈使句

Examples

❋ Let**'s** (**us**) go. (我們走吧！)

❋ Let **him** try again. (讓他再試一次。)

3-1-4 感嘆句 (Exclamatory Sentence)

由 what 或 how 引導，表示驚奇、憤怒、讚賞、喜悅等強烈情緒。句尾用**驚嘆號 (！)** 表示。**what** 用來強調【名詞】；**how** 用來強調【形容詞、副詞或動詞】。

Examples

❋ **What** a nice day it is! (天氣多好啊！)

❋ **How** beautiful a day! (天氣多好啊！)

❋ **What** a foolish girl she is! (她多麼愚蠢啊！)

❋ **How** foolish she is! (她多麼愚蠢啊！)

停 看 聽

【Have/There-be 存在句】

【有】這個概念，在英文中有兩大類：

❶ 擁有 (have)：搭配<u>有生命力</u>的主詞。

Examples

☀ Jason **has** three brothers and a sister. (Jason 有三位哥哥和一位姐姐。)

☀ The farmer **has** a piece of land. (這個農夫有一塊土地。)

❷ 存在有 (there be)：<u>無生命力</u>的主詞 (通常為方位、住所等)，表達存在有的概念。

Examples

☀ There **are** <u>some students</u> **in the classroom**. (教室裡有一些學生。)

☀ There **was** <u>a baby</u> crying **in that house**. (那個房子裡有一個嬰兒在哭。)

🍃 **Try it!** 判斷下列句子屬於哪一種句子？

1. When will you go back to America? _____

2. What a cool game! _____

3. There are seven days in a week. _____

4. Which one do you prefer? The black one or the blue one? _____

5. Take it easy! _____

6. Mary is a senior high student, isn't she? _____

7. English is an international language in the world. _____

8. Can you tell me your phone number? _____

3–2 依【結構】分

3–2–1 單句 (Simple Sentence)

最單純的句子結構，只有一個動詞，又稱簡單句。有四種功能：

A. 做為一種**陳述**：

☀ The man is a doctor. (這男人是醫生。)

B. 提出一個**問題**：

* Does he work in the hospital? (他在醫院工作嗎？)

C. **命令**或**請求**他人：

* Open the door. (把門打開。)
* Please do me a favor. (請幫我一個忙。)

D. 表示一種**感嘆**：

* What a pretty girl she is! (她是多漂亮的一個女生啊！)

3-2-2. 合句 (Compound Sentence)

用【對等連接詞】連接兩個對等子句，也叫**並列句**或**集合句**。

Examples

* John is a junior high student, **but** he can speak English well.

  (John 是個國中生，但他的英文講得很好。)
* We went to the zoo yesterday, **and** we had a good time there.

  (我們昨天去了動物園，而且我們玩得很開心。)

3-2-3. 複句 (Complex Sentence)

用【從屬連接詞】如：because, if, when, after 等連接一個主要子句與一個從屬子句，又可稱作複雜句。(➡ 從屬連接詞的概念會在第 9 章三大子句的部分詳述。)

Examples

* We cannot reach Daniel **because** he turned off his cell phone.

  (我們無法聯絡上 Daniel，因為他手機關機。)
* **If** he comes, I'll tell you. (如果他到了，我會告知你。)
* **When** you arrive at the hotel, you can call me. (當你抵達旅館時，可以打電話給我。)

3-2-4. 複合句 (Compound-complex Sentence)

一個合句加一個複句，有**兩個**以上的連接詞，**關係子句** (形容詞子句) 也屬此類。

Examples

* He stopped working **when** he was sixty, **but** he was still strong.

  (他六十歲時不再工作，但他還是很強壯。)

* **When** I was a boy, my grandma loved me **and** took care of me.

  (當我小時候，我祖母很愛我並且照顧我。)

* English is widely used in the world, **but** there are a lot of people **who** speak Chinese. (雖然英文在世界廣泛使用，但有很多人說中文。)

停看聽

【主要子句】 vs. 【從屬子句】

❶ 主要子句與從屬子句，如同主人與僕人的地位一樣，在重要性上有所區分。

❷ 主要子句在文法上指一個可以單獨存在，不需要依賴其他句子來表達完整語意的句子，如同主人，有很大的權力。

❸ 從屬子句在文法上指一個不能獨立存在，本身無法完整表達語意，附屬於主要子句之下的句子，如同僕人隸屬於主人般，重要性不如主句，多用來補強訊息。

❹ 主要子句與從屬子句之間必須由【從屬連接詞】引導。

🍃 **Try it!**　判斷下列句子屬於<u>單句</u>、<u>合句</u>、<u>複句</u>、<u>複合句</u>中的哪一種？

1. While we were taking a walk along the street, it started raining. ＿＿＿＿＿＿

2. If you want to visit me next Sunday, you should call me first, for I have much work to do this week. ＿＿＿＿＿＿

3. The Lin family always goes camping at the beach in summer. ＿＿＿＿＿＿

4. He studied very hard, yet he didn't pass the exam. ＿＿＿＿＿＿

5. I have a meeting to attend, so I have to leave now. ＿＿＿＿＿＿

6. The film is very boring. ＿＿＿＿＿＿

7. He is rich, but he is not happy. ＿＿＿＿＿＿

8. I know that the man is an American, but I don't know his name. ＿＿＿＿＿＿

✐ Practice & Review

I. 依據句子語意，選出最適當的選項。

1. (　　) There _____ a lot of cars on each side of the road every day.
   (A) is 　　　　(B) was 　　　　(C) are 　　　　(D) were

2. (　　) The little girl cried loudly _____ she saw a big mouse.
   (A) although 　　(B) but 　　　　(C) if 　　　　(D) because

3. (　　) The old man doesn't have a house, _____?
   (A) is he 　　　(B) isn't 　　　(C) doesn't he 　(D) does he

4. (　　) Q: _____
   A: I will choose the novel.
   (A) When will you go to the library?
   (B) Which book do you want to read first?
   (C) Why do you choose the novel?
   (D) Where will you buy the books?

5. (　　) _____ terrible weather we've been having these days!
   (A) What 　　　(B) What a 　　(C) How 　　　(D) How a

II. 依據劃線的部份提問。

EX：**Adam** runs fastest in his class. → **Who** runs fastest in his class?

1. **Bill's** painting was hung on the wall of our classroom.
   → _____ painting was hung on the wall of our classroom?

2. **Lesson one** is very difficult to learn.
   → _____ lesson is very difficult to learn?

3. Mary **does the dishes** after dinner in the evening.
   → _____ does Mary do after dinner in the evening?

4. **I forgot to take my wallet**, so I couldn't buy the dress.
   → _____ couldn't you buy the dress?

5. He **took the taxi** to get there.
   → _____ did he get there?

III. 根據中文完成英文句子。

1. 多麼好笑的故事呀！ ＿＿＿＿＿＿＿ ＿＿＿＿＿＿ funny story it is!

2. 天氣好涼爽呀！ ＿＿＿＿＿＿＿ ＿＿＿＿＿＿ it is!

3. 多麼高的房子呀！

   (1) What ＿＿＿＿＿＿ ＿＿＿＿＿＿ ＿＿＿＿＿＿ ＿＿＿＿＿＿ ＿＿＿＿＿＿!

   (2) How ＿＿＿＿＿＿ ＿＿＿＿＿＿ ＿＿＿＿＿＿ ＿＿＿＿＿＿ ＿＿＿＿＿＿!

4. 我有三個哥哥。 ＿＿＿＿＿＿＿＿＿＿＿＿＿＿＿＿＿＿＿＿＿＿＿

5. 一週有七天。 ＿＿＿＿＿＿＿＿＿＿＿＿＿＿＿＿＿＿＿＿＿＿＿

4

主詞動詞一致性

　　英文句子中，最重要的是動詞 (Verb)。與中文不同的是，英文的動詞有單複數之分，也有時態的差別。【動詞時態】在第 5 章中有詳細解說。本章的重點是【主詞動詞一致性】，就是動詞會因主詞的單複數不同，而有不同的呈現方式。

主動詞一致性的原則，大致分三類：

❶【文法一致原則】

　　(1) 主詞為單數或不可數形式時，動詞用單數形式。

　　(2) 主詞為複數形式時，動詞用複數形式。

❷【意義一致原則】

　　(1) 主詞形式雖為單數，而意義為複數，動詞則用複數。

　　(2) 主詞形式雖為複數，而意義為單數，動詞則用單數。

❸【位置就近原則】

　　動詞單複數形式取決於較靠近的主詞。

 4–1. 文法一致原則

🌳 **4–1–1.** 下列的主詞之後，動詞必須使用【單數】：

這些單數動詞的呈現方式通常都是在原形動詞後加 s、es 或去 y 加 ies。

| A. 單數名詞、抽象名詞、物質名詞 |

Examples

❀ **He** always **goes** to school by bus. (他一直都是搭公車上學。)

　➡ 單數名詞

❀ **Happiness consists** in contentment. (幸福在於知足。)

　➡ 抽象名詞

❀ **Water is** very important in our life. (水在我們生活上是很重要的。)

　➡ 物質名詞

B. (1) V-ing　(2) To V　(3) 名詞片語　(4) 名詞子句

Examples

❋ **Getting up early makes** us healthy. (早起使我們身體健康。) ➜ **V-ing**

❋ **To see is** to believe. (眼見為憑。) ➜ **To V**

❋ **How to use money well is** a lesson that everyone must learn.

(如何善用金錢是每個必須學習的一課。) ➜ **名詞片語**

❋ **That the earth is round is** true. (地球是圓的這件事是真的。) ➜ **名詞子句**

C. 時間、距離、價值、重量、度量

Examples

❋ **Ten years is** a long time for me. (十年對我而言是一段很長的時間。)

❋ **A hundred miles is** a short distance now. (現在一百哩是短距離。)

❋ **A million dollars is** a lot of money. (一百萬是很多錢。)

　➜ 雖然 ten years/a hundred miles/a million dollars 是複數，但對表達者而言，這些都是一個數字的
　　概念，視為單數。

D. No (沒有) /Each (每個) /Every (每個) /Many a (許多) + 單數 N

Examples

❋ **No** one **is** playing tennis now. (現在沒有人在打網球。)

❋ **Every/Each** student **has** a cell phone.

(每個學生都有手機。)

❋ **Many a** boy **wants** the new computer.

= **Many** boys **want** the new computer. (許多男孩想要這台新電腦。)

> 小提醒：表『許多』
>
> **many a** + 單數 N + 單數 V
>
> **many** + 複數 N + 複數 V

E. 專有名詞與視為不可數的複數形名詞

形式上雖為複數，但主詞是表達單一的名稱或概念，仍視為單數。

A. 學科名稱	physics (物理學), mathematics (數學)
B. 報紙雜誌名稱	*Times* (時代雜誌)
C. 疾病名稱	rickets (軟骨病), rabies (狂犬病), measles (麻疹)
D. 國名、組織	the United States (美國), the United Nations (聯合國)
E. 消息	news

Examples

- **Mathematics is** my favorite subject. (數學是我喜愛的科目。)
- **Times is** a good magazine. (《時代雜誌》是一本好雜誌。)
- **No news is** good news. (沒有消息就是好消息。)

F. 不定代名詞 (～one，～body，～thing)

Examples

- **Someone is** using the washing machine. (有人在用洗衣機。)
- **Nobody wants** to go to the party. (沒有人想要去參加派對。)
- **Everything is** perfect. (每件事都很完美。)

4-1-2. 下列的主詞之後，動詞必須使用【複數】

A. 主詞為複數

Examples

- **My friends are** from different countries of the world. (我的朋友們來自世界各國。)
- **The trees were** planted ten years ago. (這些樹是十年前種的。)

B. 視為複數的名詞如：**the police** (警方)，**people** (人們)，**cattle** (牛群)，**poultry** (家禽)

Examples

- **The police were** asked to apologize for the misuse of guns.
  (警方被要求為濫用槍枝而道歉。)
- **The cattle are** everywhere in the meadow. (草地上到處都是牛群。)

C. the + Adj. → 某一族群的人

例如：the old (老年人), the young (年輕人), the rich (有錢人), the poor (窮人),
the dead (死者), the injured (傷者), the blind (盲人), the sick (生病者)

Examples

- **The old and the young have** different views on life.
  (老年人與年輕人對於生命有不同看法。)
- **The rich are** not always happier than **the poor**. (有錢人不一定比窮人快樂。)
- **The blind need** our help when they cross the roads. (過馬路時盲人需要我們的幫助。)

🍃 **Try it!** 選出適當的選項。

1. (　　　) My brother and I _____ busy with the housework.

    (A) is   (B) was   (C) are   (D) have

2. (　　　) Physics _____ a very difficult subject to me.

    (A) is   (B) are   (C) has   (D) have

3. (　　　) The police _____ looked for the missing car for two days.

    (A) were   (B) has   (C) are   (D) have

4. (　　　) Each man in the library _____ quiet.

    (A) is   (B) are   (C) has   (D) have

5. (　　　) The cattle _____ eating the grass.

    (A) is   (B) am   (C) are   (D) was

6. (　　　) Failing the exam _____ a shame to the proud student.

    (A) be   (B) is   (C) are   (D) were

7. (　　　) The injured _____ sent to the hospital immediately.

    (A) has   (B) was   (C) have   (D) were

8. (　　　) Three thousand dollars _____ too much to pay for those books.

    (A) is   (B) are   (C) has   (D) have

4-2. 意義一致原則

下列的主詞之後，動詞使用【單數或複數】取決於文意。

🌳 4-2-1. 用 **and** 連接的主詞時：

> **N and N + 單數 V** (表示同一人、物或觀念)
> **N and N + 複數 V** (表示不同人、物或觀念)

Examples

✸ (1) To love and to be loved **is** the happiest thing in my life.

    (愛人也能被愛是我人生最快樂的事。) ➡ 表示一個整體的事，用單數 V。

(2) To love and to be loved **are** two different things.

    (愛人與被愛是兩回事。) ➡ 表示兩個不同的事，用複數 V。

✸ (1) A singer and writer **was** robbed in front of the police station last night.

(一位作家兼歌手昨晚在警察局前被搶。)

➡ 主詞只有一人，是一個身分是作家與歌手的人，所以用單數動詞 was。

(2) A singer and a writer **were** robbed in front of the police station last night.

(一位作家與一位歌手昨晚在警察局前被搶。)

➡ 主詞有兩人，身分分別是作家與歌手，所以用複數動詞 were。

🌳 4–2–2. 集合名詞

class (班級)、**family** (家人)、**audience** (觀眾)、**public** (大眾)、**team** (隊伍)、**staff** (工作人員) 等	＋ 單數 V ➡ 表示一個**整體**
	＋ 複數 V ➡ 表示團體中的**個體**

這些主詞就是所謂的【**集合名詞**】，是指多個小單位體組成的一個集合體。如果把整個群體視為一個單位，就用單數動詞；如果主詞著重強調群體中的成員，就用複數動詞。

Examples

✸ My family **is** a happy one. (我的家庭是一個快樂的家庭。)

✸ My family **are** all the fans of the band. (我的家人都是這個樂團的粉絲。)

✸ The class **is** very small. (這個班級很小。)

✸ The class **are** all girls. (這個班都是女生。)

🌳 4–2–3. a number of 及 the number of

a number of + 複數 N + 複數 V (許多的…)
the number of + 複數 N + 單數 V (～的數量是…)

Examples

✸ A number of students **were** late today. (今天有**許多學生**遲到。)

✸ The number of students **is** increasing. (**學生的人數**在增加中。)

➡ 第 1 句中主詞是指 a number of students (很多學生)，所以用複數動詞；而第 2 句中主詞是 the number of students (學生人數) 這個數字，所以要用單數動詞。

停看聽

『許多』常見的表達形式

❶ 只可接可數名詞	❷ 只可接不可數名詞	❸ 共用於可數名詞與不可數名詞
many = a large number of = a good many of	much = a great deal of = a large amount of	a lot of = lots of = plenty of

4–2–4. Here 及 There

以 **Here**、**There** 所引導的句子，動詞需與句中的真主詞單複數一致。

Examples

* Here **comes** the bus. (公車來了。)
* Here **are** the books that you want. (你要的書在這裡。)
* There **are** many students in the classroom. (教室裡有很多學生。)
* There **is** some money on the table. (桌上有一些錢。)

4–2–5. 關於數量或百分比作主詞時：

the rest (剩餘) **half** (一半) **all** (所有) **plenty** (許多、大量)　**+**　(**of**) **any** (任何) **Y/X** (…分之…) **%** (百分之…) 等	+ 單數 N/代名詞 + 單數 V + 複數 N/代名詞 + 複數 V

Examples

* Forty percent of the money **is** enough to buy the car.

  (百分之四十的錢就夠買車。) ➡ money 為單數主詞，所以用單數動詞。
* Three-quarters of the houses in this town **were** damaged by the typhoon.

  (在鎮上四分之三的房子都被颱風損壞了。) ➡ houses 為複數主詞，所以用複數動詞 were。

🍃 **Try it!** 選出正確的動詞形式。

1. (　　　) Most of them ＿＿＿ to study abroad.

　　　(A) wants　　　　(B) want　　　　(C) goes　　　　(D) has

2. (　　　) All of the guests ＿＿＿ running out of the burning house.

　　　(A) be　　　　(B) is　　　　(C) was　　　　(D) are

3. (　　　) All of the work ＿＿＿ to be finished by this Friday.

　　　(A) needs　　　　(B) need　　　　(C) needing　　　　(D) to need

4. (　　　) The committee (委員會) ＿＿＿ made up of (由…組成) fifteen members.

　　　(A) be　　　　(B) are　　　　(C) is　　　　(D) have

5. (　　　) Ten minus five ＿＿＿ five.

　　　(A) be　　　　(B) was　　　　(C) have　　　　(D) is

6. (　　　) The audience of the concert ＿＿＿ so touched by the show.

　　　(A) been　　　　(B) were　　　　(C) be　　　　(D) have

7. (　　　) Three fourths of the earth's surface ＿＿＿ water.

　　　(A) has　　　　(B) is　　　　(C) are　　　　(D) will be

8. (　　　) Here ＿＿＿ the money I owed you.

　　　(A) have　　　　(B) are　　　　(C) be　　　　(D) is

4–3. 位置就近原則

　　通常主詞如果包含兩個以上的成分，像是 John and Bill, the adults and children, the tiger and the lions，動詞會用複數。但下面兩組用法，雖然也包含兩個主詞 (用 A 與 B 稱之)，卻不一定都用複數動詞，必須依照 A 或 B 本身是否為單複數來決定。

🌳 **4–3–1.** 後面的主詞 **B** 決定動詞形式：

A or B (A 或 B) **either A or B** (不是 A 就是 B) ➡ A 或 B 其中之一 **neither A nor B** (不是 A 也不是 B) ➡ AB 兩者皆非 **not only A but also B** (不但 A 而且 B)

Examples

❋ Mary **or** her sisters **want** to go to the zoo. (Mary 或她姐姐想要去動物園。)

❋ **Either** you **or** I **am** correct. (你或我其中一人是對的。)

❋ **Neither** you **nor** he **is** wrong. (你或他都沒有錯。)

❋ **Not only** the students **but also** the teacher **loves** holidays.

(不僅是學生，老師也喜歡假日。)

4–3–2. 前面的主詞 **A** 決定動詞形式：

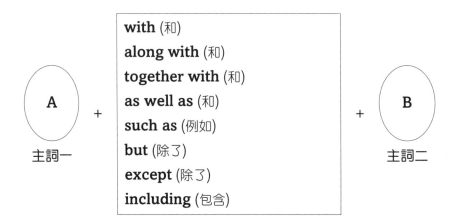

with (和)
along with (和)
together with (和)
as well as (和)
such as (例如)
but (除了)
except (除了)
including (包含)

A 主詞一 + ... + B 主詞二

說明：第二個主詞 B 常常都是附帶用意，含意較著重於主詞 A，所以由主詞 A 來決定動詞的
形式。

Examples

❋ John **as well as** you **is** wrong. (John 和你都錯了。)

❋ The leader **with** his team members **was** praised by the public.

(這個領導者與他的組員受到大眾讚揚。)

🍃 **Try it!** 依提示填寫正確的動詞形式。

1. Either you or Mary _____ (have) made a mistake.

2. I as well as he _____ (be) wrong.

3. Not only you but also he _____ (be) to blame.

4. Neither he nor I _____ (be) willing to do that.

5. No one but you _____ (know) who did this.

*P*ractice & Review

I. 填入 (A) is 或 (B) are 以符合文意。

1. (　　) Five thousand dollars _____ what he needs now.
2. (　　) Food and clothing _____ daily necessities for everyone.
3. (　　) The United Nations _____ an international organization.
4. (　　) (　　) To say _____ one thing, to do _____ another.
5. (　　) Reading English magazines _____ a good way to improve your English.
6. (　　) You as well as Ian _____ very exited about the game.
7. (　　) Sixty percent of the money _____ spent on the medicine.
8. (　　) Either William or his classmates _____ wrong.

II. 填入適當的動詞形式。

1. To exercise twice a week _____ (make) me healthy.
2. How to avoid making the same mistake _____ (be) important.
3. Whether we go out or stay at home _____ (depend) on the weather tomorrow.
4. Three days _____ (be) not enough for me to finish the job.
5. Each child _____ (need) others' care and attention.

III. 選擇題

1. (　　) A number of customers _____ not satisfied with the new product. The number of the customers _____ decreasing this year.
   (A) is; has　　　(B) is; are　　　(C) are; have　　　(D) are; is
2. (　　) Some of the oranges _____ turned red. Some of the milk _____ turned sour (酸的).
   (A) have; has　　(B) have; have　　(C) has; have　　(D) have; is
3. (　　) The girl as well as his parents _____ riding bike. Not only her family but also the girl _____ a good bike rider.
   (A) like; is　　　(B) likes; are　　(C) likes; is　　　(D) like; are

4. (　　) Mary with two children ＿＿＿ coming to Taiwan to visit us next month. Mary, along with her parents, ＿＿＿ moved to Paris.

(A) is; has　　　　(B) is; have　　　　(C) are; have　　　　(D) are; has

5. (　　) The news on TV ＿＿＿ not true. Those pieces of news ＿＿＿ not confirmed yet.

(A) are; is　　　　(B) are; are　　　　(C) is; are　　　　(D) is; is

6. (　　) Neither of them ＿＿＿ going to play basketball. Both of them ＿＿＿ going to watch the movie.

(A) is; are　　　　(B) is; is　　　　(C) are; was　　　　(D) are; is

7. (　　) Most of the students in this school ＿＿＿ boys. Most of their time ＿＿＿ spent on studying.

(A) is; are　　　　(B) is; is　　　　(C) are; are　　　　(D) are; is

8. (　　) Keeping early hours ＿＿＿ a good habit for people. Reading and writing ＿＿＿ two things that he likes best.

(A) is; is　　　　(B) are; is　　　　(C) is; are　　　　(D) are; are

9. (　　) One sixth of our classmates ＿＿＿ from single-parent families. One fifth of their time ＿＿＿ spent on writing.

(A) comes; is　　(B) come; are　　(C) come; is　　(D) comes; are

10. (　　) Many a girl ＿＿＿ read the novel. Many boys ＿＿＿ read the comics.

(A) has; has　　　　(B) has; have　　　　(C) have; has　　　　(D) have; have

IV. 引導式翻譯

1. 我不是家裡面最高的。我的家人都很高。

I am not the tallest in my family. ＿＿＿＿＿＿ ＿＿＿＿＿＿ ＿＿＿＿＿＿ all very tall.

2. 時間就是金錢；浪費時間就是浪費生命。

Time is money; ＿＿＿＿＿＿ ＿＿＿＿＿＿ ＿＿＿＿＿＿ ＿＿＿＿＿＿ ＿＿＿＿＿＿ .

3. 這座大城市車禍的數量每個月都在增加。

＿＿＿＿＿＿ ＿＿＿＿＿＿ ＿＿＿＿＿＿ the car accidents in the big city ＿＿＿＿＿＿ increasing every month.

4. 許多學生正在操場打棒球。(...number...)

_____ _____ _____ students _____ playing

baseball in the playground.

5. 因為流感，數百位工人從上週以來請病假。

Because of the flu, _____ _____ workers _____ been on

sick leave since last week.

6. Charlie Jackson 是一位畫家兼音樂家。他畫得很棒而且創作很多膾炙人口的歌曲。

Charlie Jackson is _____ _____ _____ _____.

He paints well and also writes many popular songs.

7. Brown 和他的兩個姐姐都很擅長英文。

Brown _____ _____ _____ his two sisters _____

good at English.

8. Mike 和我都不要搬出去。

_____ Mike _____ I _____ going to move out.

5

動詞時式與時態

動詞是英文文法的任督二脈，也是考試的解題關鍵或是學習者常常有障礙的地方。因此本章重點就是解析動詞各種時態 (aspects)。首先，要先釐清中文與英文對於時間觀念的差異。

5-1. 中文與英文時間表達的差異

英文的動詞會隨時間做變化，中文則不會。

請看下表比較：

	英文	中文
例句	❶ I **lived** in England two years ago.(過去)	兩年前我住過英國。　(過去)
	❷ I **live** in Hong Kong now.　　(現在)	現在我住在香港。　(現在)
	❸ I **will live** in America next year. (未來)	明年我將去美國住。　(未來)
特徵	❶ 動詞呈現出不同的形態： ➡ lived, live, will live	有表示動作發生與否的字： ➡住過、將去
	❷ 部分有明確的時間副詞： ➡ two years ago, now, next year	有明確的時間副詞： ➡兩年前、現在、未來
說明	表示不同的時間發生的動作或狀態時：	
	❶ 用時間副詞表示 (不一定每句都有)。 ❷ 動詞要有「不同的形態」的變化。	❶ 用時間副詞表示。 ❷ 搭配其他字詞來表示 (如：了、過、將…)。 但動詞本身「沒有變化」。

5-2. 動詞的型態變化

Q: 一個動詞的本尊，有哪些分身？

請看下面圖示：

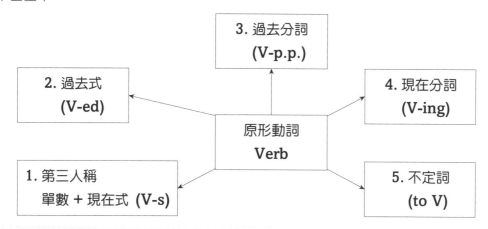

A: 一個動詞可以延伸出 5 + 1 (原形)= 6 種型態！

5-3. 英文時態的分類

在英文中，不同的時間會用動詞不同的**時式** (Tenses) 與**時態** (Aspects) 變化來呈現。

以【時間】與【動詞狀態】分類

　　學習者常遇到的『動詞三態』，或是不規則動詞變化，都跟動詞時態有關。時態相關的考試題型幾乎也是考試重點，從選擇題到翻譯題都可能會遇到，要特別注意。

　　以【時間】分成**現在、過去**與**未來** 3 種；以【動詞狀態】劃分有**簡單式、進行式、完成式**與**完成進行式** 4 種。由這兩種分類方式將英文中「動詞狀態在不同時間的變化」分為 12 種。以動詞 **cook** 為例，從以下頁表格分別簡單呈現各種時態的變化。

動詞時式		時間 (時式) Tense		
		現在	過去	未來
動詞狀態 (時態) Aspect	簡單式	He **cooks**.	He **cooked**.	He will **cook**.
	進行式	He is **cooking**.	He was **cooking**.	He will be **cooking**.
	完成式	He has **cooked**.	He had **cooked**.	He will have **cooked**.
	完成進行式	He has been **cooking**.	He had been **cooking**.	He will have been **cooking**.

Examples

⁕ I **was** a student, but I **am** a teacher now. (我以前是學生，但現在是老師。)

➡ 動作或事件發生的時間不同，需用不同的動詞變化表示。

⁕ Before you **came** to my house, I **had cleaned** it. (你來我家之前，我已經打掃了。)

➡ 動作的先後順序不同，clean (打掃) 比 come (來) 早。

⁕ While you **knocked** on the door, I **was taking** a shower. (你敲門時，我正在洗澡。)

➡ 動作的狀態不同，knock (敲門) 是瞬間可以完成的動作，用簡單過去式表達；但 take a shower (洗澡) 是當下正在進行的動作且耗費時間較長，要用進行式表示。

5–4. 動詞的時態

動詞時態往往是學生考試的致命傷。請記住每種時態的公式，並特別注意各種時態的正確使用時機，避免各種時態混淆。

5–4–1. 簡單現在式

S + V (原形)

注意：遇到主詞為第三人稱單數要變化 (加 s，es，或去 y 加 ies)

＊ Sam always **goes** to work on time.

過去 —————————————— 現在 —————————————— 未來

使用時機

A. 一般性的真理、公式、定理、定義、格言

Examples

☀ The sun **rises** in the east and **sets** in the west. (太陽東昇西落。)

☀ Honesty **is** the best policy. (誠實為上策。)

B. 普遍接受的事實

這些陳述【不受時間限制】，不論是在過去、現在或未來時間基本上都成立。

Examples

☀ There **are** 50 states in the USA. (美國有 50 個州。)

☀ It **is** hot in summer and cold in winter. (夏熱冬冷。)

C. 習慣性的動作

用以陳述【習慣性】的動作、活動。常與【頻率副詞】連用，表示動作發生的次數多寡。

Examples

☀ He **goes** to school by bus **every day**. (他每天搭公車上學。)

☀ We **often play** basketball on weekends. (週末我們**常常**打籃球。)

說明：

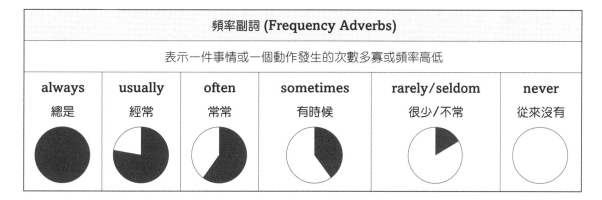

頻率副詞 (Frequency Adverbs)					
表示一件事情或一個動作發生的次數多寡或頻率高低					
always 總是	usually 經常	often 常常	sometimes 有時候	rarely/seldom 很少/不常	never 從來沒有

D. 出現在表示「時間」或「條件」的副詞子句

在 **if** (如果)，**when** (當、在…)，before (在…之前)，**as soon as** (一…就) 等句子中，會以【現在式】代替【未來式】。

Examples

⁕ I will go to school **as soon as** I **finish** breakfast. (我一吃完早餐就去學校。)

⁕ We will stay at home **if** it **rains** tomorrow. (如果明天下雨我們就待在家。)

E. 出現在由 here 或 there 引導的句子

表示「此刻正在發生」的動作。

Examples

⁕ Here **comes** the bus. (公車來了。)

⁕ There **goes** the bell. (鈴響了。)

🍃 Try it! 引導式翻譯

1. The boy often _____ (read) books after school. (這男孩常在放學後讀書。)

2. There _____ (be) seven days in a week. (一星期有七天。)

3. Knowledge _____ (be) power. (知識就是力量。)

🌳 5-4-2. 簡單過去式

S + V-ed

注意：動詞過去式有規則與不規則動詞變化

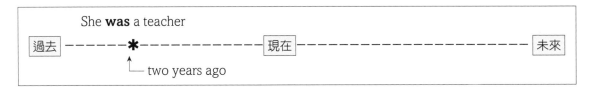

使用時機：

A. 表示過去經常發生或習慣的動作

Examples

⁕ I **visited** him twice a week in those days. (那時候我每週拜訪他兩次。)

⁕ Tom **went** to the library every day in his youth. (Tom 年輕時每天都去圖書館。)

B. 過去發生而現在已結束的動作或狀態

常和 **a moment ago**, **last year**, **yesterday**, **at that time**, **in the past** 或 **just now** 等表示過去的【時間副詞】連用。

Examples

❋ She **was** a teacher <u>two years ago</u>. (她兩年前是老師。)

❋ Sharon **went** to Germany <u>last summer</u>. (Sharon 去年夏天去了德國。)

【 used to + V 】 vs. 【 be used to + V-ing 】

❶ used to + V：表示【過去】的習慣，意指『過去/以前經常…』，後面加原 V。

  ❋ I **used to** <u>go</u> jogging after dinner. (我以前常常晚餐後去慢跑。)

❷ be used to + V-ing：表示【現在】的習慣，意指『現在經常…』，後面加 V-ing。

  ❋ I **am used to** <u>jogging</u> after dinner. (我現在常常晚餐後去慢跑。)

🍃 Try it! 引導式翻譯

1. 我現在是歌手。但我以前是老師。

   I ＿＿＿＿＿＿ a singer now, but I ＿＿＿＿＿＿ a teacher in the past.

2. Lisa 過去常常寫信給我，現在我們常常寫 email。

   Lisa ＿＿＿＿＿ ＿＿＿＿＿ ＿＿＿＿＿ to me; we are ＿＿＿＿＿
   ＿＿＿＿＿ ＿＿＿＿＿ email now.

3. 我與哥哥上週日一起打籃球。

   I ＿＿＿＿＿ basketball with my brother ＿＿＿＿＿ ＿＿＿＿＿.

5-4-3. 簡單未來式

will/be going to + **V** (原形)

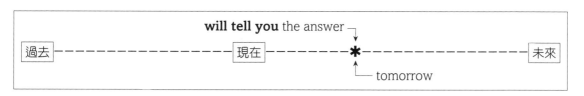

使用時機

A. 將來會發生的事情或是動作

Examples

❋ I **will** tell you the answer <u>tomorrow</u>. (我明天告訴你答案。)

❀ He **will** be a doctor in the future. (他將來會是醫生。)

B. 事物固有的屬性或是必然趨勢

Examples

❀ Fish **will** die without water. (沒有水，魚會死。)

❀ Life **will** be more convenient because of the Internet. (因為網路，生活會更方便。)

C. 表示意願、意志

Examples

❀ I **will** beat you. (我會打敗你的。)

❀ No one **will** support the project. (沒有人會支持這項計畫。)

D. 已確定即將發生某個動作，或表示將來已經決定要做的事

Examples

❀ We **are going to** have a test tomorrow. (我們明天要考試。)

❀ The restaurant is very terrible. We **won't** go there again.

(那家餐廳很糟糕。我們不會再去。)

🥫 停看聽

其他表示「未來時間」的用法【be about to】及【be to V】

❶ **be about to**：馬上就要發生的動作

　❀ The plane **is about to** take off in five minutes.

　（飛機五分鐘後馬上就要起飛了。）

❷ **be + to V**：計劃或安排好的動作

　❀ We **are to** discuss the report next Saturday. (下週六我們要討論報告。)

🍃 **Try it!** 引導式翻譯。

1. My family ＿＿＿＿＿＿ ＿＿＿＿＿＿ to Egypt next year. (我們家明年要去埃及。)

2. He ＿＿＿＿＿ ＿＿＿＿＿ ＿＿＿＿＿ meet you later. (他晚點要來見你。)

3. The train ＿＿＿＿＿ ＿＿＿＿＿ ＿＿＿＿＿ leave. (火車即將離開。)

 **5-4-4.** 現在進行式

be + V-ing

注意：be 動詞用要 **am**、**is** 或 **are**，根據主詞來決定。

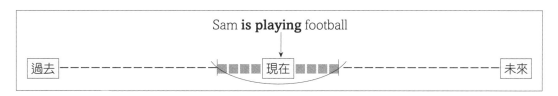

使用時機：

A. 此時此刻或現階段正在進行的動作

意指【正在…】常與 **now**, **at present** 等【時間副詞】連用或與 **look**, **listen** 等明顯表示【說話瞬間發生動作】的字連用。

Examples

* Susan **is writing** a novel now. (Susan 現在正在寫小說。)
* Look! Tom **is playing** football. (看！Tom 正在踢足球。)

B. 按計劃將要或肯定會發生的動作

限 **arrive, begin, come, fly, go, leave, move, sail, start, stay, take off, travel** 等。用以表示【未來即將】發生的事。

Examples

* My boss **is arriving** in New York tomorrow. (我的老闆明天到紐約。)
* She **is flying** to Japan tonight. (她今晚要搭機去日本。)

C. 經常發生的動作

常與 **all the time** (總是), **always** (總是), **constantly** (不斷地), **forever** (永遠) 等副詞連用；含有**讚賞**或**厭惡**的情緒，**與動作是否正在進行無關**。

Examples

* Mary **is complaining** all the time. (Mary 一直都在抱怨。)
* She **is** always **working** hard. (她總是努力地工作。)

停看聽

【不能使用進行式的動詞】

感官類	情感類	心態類	擁有類
hear (聽到)	dislike (不喜歡)	believe (相信)	belong to (屬於)
look (看起來)	hate (恨)	doubt (懷疑)	concern (關心)
see (看)	like (喜歡)	feel (感覺)	consist of (包含)
seem (似乎)	prefer (偏好)	imagine (想像)	contain (包含)
smell (聞起來)	want (想要)	know (知道)	own (擁有)
sound (聽起來)	wish (希望)	remember (記得)	possess (佔有、擁有)
taste (嚐起來)		suppose (認為)	
		think (認為)	
		understand (了解)	

Examples

* It is looking great. (×)　　　　It **looks** great. (○)
* He is disliking snakes. (×)　　He **dislikes** snakes. (○)
* I am remembering your name. (×)　I **remember** your name. (○)
* The house is belonging to Patrick. (×)　The house **belongs** to Patrick. (○)

 **Try it!**　根據題意完成以下句子。

1. Listen! Someone ＿＿＿＿＿＿ (sing) a beautiful song in the park.

2. Sam ＿＿＿＿＿＿ (do) his homework now. Don't call him.

3. We ＿＿＿＿＿＿ (start) the game soon.

5–4–5. 過去進行式

be (was/were) + V-ing

注意：be 動詞用要 **was** 或 **were**，根據主詞來決定。

過去進行式與現在進行式的功能與用法基本上雷同，差別只在於 be 動詞的型態。

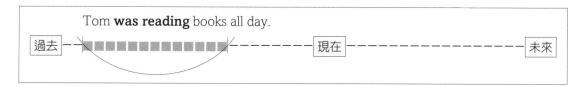

使用時機：

A. 過去某一時刻或某一階段正在進行的動作

(1) 常與表**過去時間**的【時間副詞】連用，如 **yesterday morning, last night** 等。

(2) 常與另一句子搭配，作為【從屬子句】，文意更為完整。

　(➡從屬子句概念，詳見第 9 章 9–2 副詞子句)

Examples

❋ <u>When you called me</u>, I **was taking** a shower. (你打給我時，我正在洗澡。)

❋ I **was having** dinner at eight <u>yesterday evening</u>. (昨晚八點我正在吃飯。)

B. 過去某一段時間持續進行的動作

Examples

❋ Tom **was reading** books <u>all day</u>. (Tom 整天都在讀書。)

❋ The little boy **was crying** <u>all the night</u>. (那個小男生整晚在哭。)

 **Try it!**　根據題意完成以下句子。

1. Tina _____ [讀書] when her father came home at midnight.

2. I _____ [打籃球] from nine to ten o'clock yesterday morning.

3. The man _____ [看電視] while his wife was cooking.

5–4–6 未來進行式

will be + V-ing

使用時機：在未來某段時間內，會持續進行的動作。

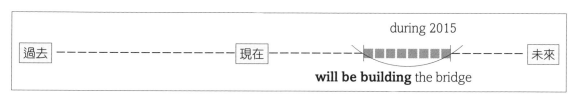

Examples

❋ The workers **will be building** the bridge during 2015.

(工人將在 2015 年期間建這座橋。)

❋ Don't call me between eight and ten tomorrow. We**'ll be having** a meeting.

(明天早上 8 點到 10 點之間不要打電話給我,我們那時正在開會。)

 **5-4-7.** 現在完成式

have/has + V-p.p.

注意:過去分詞 (V-p.p.) 是關鍵,注意動詞三態表中的 V-p.p.。

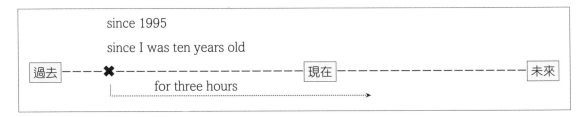

使用時機

A. 從過去的某一個時間點開始,到現在【剛好完成】的事件或動作

常與 **just** (剛剛), **already** (已經), **yet** (還沒), **recently/lately** (最近), **so far/up to now** (至今、到目前為止), this week/this month/this year (本週/本月/本年), **these +** 一段時間 (這些…) 連用。

Examples

❋ They **have** already **finished** their homework. (他們已經完成功課。)

❋ He **hasn't done** his work yet. (他還沒完成工作。)

B. 從過去到現在的【經驗】

常與 **never** (從未), **ever** (曾經), **before** (以前), **once** (一次), **twice** (兩次), **...times** (…次), **How many times...?** (有幾次…?) 連用。

Examples

❋ I **have been** to Japan many times. (我去過日本許多次。)

❋ Peter **has seen** that girl before. (Peter 之前曾見過那個女生。)

C. 從過去持續到現在的【動作或狀態】，有可能會一直延續到未來

常搭配的句型有：

(1) **for +** 一段時間 (已持續…)

(2) **since +** 過去的某一時間/過去式句子 (自從…)

Examples

❋ Mary **has watched** TV for three hours. (Mary 已看了三小時的電視。)

❋ We **have known** each other since 1995. (我們自從 1995 年就已經彼此認識。)

❋ I **have learned** dancing since I was ten years old. (我從十歲時就已經開始學跳舞了。)

停 看 聽

【**have gone to**】vs.【**have been to**】

❶ **have gone to**：表示動作的狀態。

　　❋ He has gone to Tokyo. (他已經去東京了。)

　　說明：表示【動作】已執行完畢，現在人已在東京。

❷ **have been to**：表示經驗。

　　❋ He has been to Tokyo. (他曾經去過東京。)

　　說明：表示曾有過這種【經驗】，現在人不在東京。

🍃 **Try it!**　根據題意選出最恰當的答案。

1. (　　) I have ＿＿＿ to London many times.

　　(A) been　　　　(B) gone　　　　(C) went　　　　(D) going to

2. (　　) My wife is not at home. She has ＿＿＿ to the office.

　　(A) been　　　　(B) gone　　　　(C) went　　　　(D) going

3. (　　) Tom has been here ＿＿＿ two months ago.

　　(A) in　　　　　(B) since　　　　(C) on　　　　　(D) for

4. (　　) We have never ＿＿＿ to Africa.

　　(A) been　　　　(B) gone　　　　(C) going　　　　(D) went

5. (　　) She has learned French ＿＿＿ three years.

　　(A) since　　　　(B) from　　　　(C) for　　　　　(D) in

 5-4-8. 過去完成式

had + V-p.p.

注意：比 <u>過去式</u> 更早的時態，可稱為【 **過去的過去** 】。

使用時機：動作或狀態發生在 **過去的某一時間點** 並且已經結束。

Examples

* When the police **arrived**, the thieves **had run away**. (警察到時，小偷們已經逃跑。)
* The show **had started** before we **got** the tickets. (我們買到票之前，節目已經開始。)

➡ 說明：這兩句中先發生的動作是「小偷逃跑」、「節目開始」，所以用「過去完成式」had run away、had started；而後發生的動作是「警察到達」、「買到票」，因而用「簡單過去式」arrived 及 got。

🍃 Try it! 根據題意完成以下句子。

1. 他說他之前就已學過英文。

   He ＿＿＿＿＿＿ that he ＿＿＿＿＿＿ English before.

2. 在 12 歲之前，Anita 就開始自力更生。

   By the time she ＿＿＿＿＿＿ twelve, Anita ＿＿＿＿＿＿ ＿＿＿＿＿＿ to make a living by herself.

3. 昨天之前我就已經完成我的工作。

   I ＿＿＿＿＿＿ already ＿＿＿＿＿＿ my work before yesterday.

🌳 5-4-9. 未來完成式

will have + V-p.p.

使用時機：表示在【 未來某一時間 】之前將會完成的動作。

Examples

* By the time you get home, I **will have cleaned** the house.

  (你到家之前我將把房子打掃完畢。)

⁕ We **will have finished** this project by the end of this month.

(到這個月底我們將完成這個計畫。)

🍃 **Try it!** 引導式翻譯

1. 這個星期天之前他就會忘記他自己的話。

Before this Sunday, he ＿＿＿＿＿ ＿＿＿＿＿ ＿＿＿＿＿ his own words.

2. 到下個月你認識 Kevin 該有 10 年了。

You ＿＿＿＿＿ ＿＿＿＿＿ ＿＿＿＿＿ Kevin for 10 years by next month.

3. 到明天雨就下 3 天了。

It ＿＿＿＿＿ ＿＿＿＿＿ ＿＿＿＿＿ for 3 days by tomorrow.

🌳 **5–4–10.** 現在完成進行式

have/has + been + V-ing

【現在完成式】＋【現在進行式】

➡這個時態是【現在完成式】＋【現在進行式】的結合，可以運用數學的加法呈現：

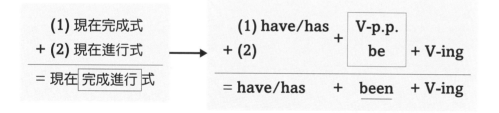

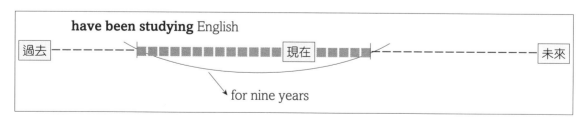

for nine years

使用時機：從過去某時刻持續到現在，並仍然繼續的動作，強調【持續性】。

Examples

⁕ The baby **has been crying** for one hour. (小嬰兒已經哭一個小時了。)

◉ I **have been studying** English for nine years. (我已經學九年英文。)

➜說明：這兩句中的動作 (cry, study) 皆有可能繼續延續下去。

停看聽

【現在完成進行式】vs.【現在完成式】的比較

現在完成進行式	現在完成式
表示動作的頻繁重複性	沒有表示重複性的意味
◉ **Have** you **been meeting** him recently? (你最近常和他見面嗎？)	◉ **Have** you **met** him recently? (你最近見到過他嗎？)
時常帶有感情色彩或情緒	平鋪直敘陳述事實
◉ I **have been waiting** for you for two hours. (我一直等了你兩個小時。) ➜ 可能表示不滿	◉ I **have waited** for you for two hours. (我等了你兩個小時。) ➜ 說明一個事實
強調**動作**	強調**結果**
◉ Who **has been eating** the apples? (誰一直在吃這些蘋果？)	◉ Who **has eaten** the apples? (誰吃了蘋果？)

🌳 5–4–11. 過去完成進行式

had been + V-ing

【過去完成式】＋【過去進行式】

這個時態是【過去完成式】＋【過去進行式】的結合，可以運用數學的加法呈現：

$$\begin{array}{l}\text{(1) 過去完成式} \\ +\text{ (2) 過去進行式} \\ \hline = \text{過去}\boxed{\text{完成進行}}\text{式}\end{array} \longrightarrow \begin{array}{l}\text{(1) had} \\ +\text{ (2)} \end{array} + \boxed{\begin{array}{l}\text{V-p.p.} \\ \text{be}\end{array}} + \text{V-ing} \\ \hline = \text{had} \quad \underline{\text{been}} \quad +\text{ V-ing}$$

使用時機：動作在過去某一時間之前開始，一直延續到某一過去時間。
【全部動作都發生在過去】。

Examples

* I **had been looking for** my wallet for a few days before I found it.
  (我找了幾天才找到皮夾。)
* John **had been reading** for a while when his teacher came in.
  (老師進來時，John 已經看書好一陣子了。)
* By the time Jolin showed up, her fans **had been waiting** for 3 hours.
  (在 Jolin 出現之前，她的歌迷已經等了三個小時。)

停看聽

【過去完成進行式】vs.【過去完成式】之比較

過去完成進行式	過去完成式
強調動作的持續進行	強調結果
She **had been using** the restroom, so we had to wait. （她一直在用洗手間，所以我們必須等。）	She **had used** the restroom, so we could use it. （她已經用過洗手間，所以我們可以用了。）

5–4–12. 未來完成進行式

will have been + V-ing

與【未來完成式】用法大致相同，強調未來某一時間【動作的持續進行】。

Examples

* I **will have been learning** English for 10 years by next year.
  (明年我就學英文十年了。)

* Joe **will have been staying** in New York for at least 2 years by the time he got his MBA. (在 Joe 拿到他的企管碩士前，他至少就已經在紐約待兩年了。)

Try it! 引導式翻譯

1. 我已經在同一家公司工作 10 年了，因為我喜歡這個工作環境。

   I _____ _____ _____ in the same company for ten years because I like the working environment.

2. 小孩子變得沒有耐性，因為他們已經等這個節目等了 3 小時。

   The children got impatient because they _____ _____ _____ _____ the show for three hours.

3. 到明年時，這個歌手將已經唱歌 25 年了。

   By next year, the singer _____ _____ _____ _____for 25 years.

𝒫ractice & Review

I. 根據題意選出最恰當的答案。

1. (　　) I _____ Lisa since she was a little girl.

   (A) knew　　(B) know　　(C) am knowing　　(D) have known

2. (　　) Tom _____ a letter to his parents last night.

   (A) writes　　(B) wrote　　(C) write　　(D) has written

3. (　　) I _____ my homework now.

   (A) am doing　　(B) do　　(C) have done　　(D) had done

4. (　　) The sisters haven't seen each other _____ at least three years.

   (A) since　　(B) during　　(C) for　　(D) in

5. (　　) Tim _____ here once a week.

   (A) came　　(B) comes　　(C) come　　(D) has come

6. (　　) By ten o'clock yesterday morning, we _____ at the airport.

   (A) had arrived　　(B) have arrived　　(C) shall arrive　　(D) arrive

7. (　　) He often _____ to visit his old friends in the countryside.

   (A) going　　(B) to go　　(C) has gone　　(D) goes

8. (　　) I _____ English for five years so far.

    (A) was studying   (B) have been studying

    (C) studied   (D) am studying

9. (　　) It _____ when they left the station.

    (A) has rained   (B) is raining   (C) rains   (D) was raining

10. (　　) Bob: "Would you like to play tennis with me?"

    Peter: "Sorry, I should be home before my mother _____ back."

    (A) comes   (B) will come   (C) shall come   (D) has come

II. 改錯

_____ 1. Bill do exercises every day.

_____ 2. The gardeners is planting the trees and flowers.

_____ 3. They're climbs a tree.

_____ 4. A baby need a lot of care.

_____ 5. He sometimes watching TV on Sunday.

III. 填入適當的動詞形式。

1. I _____ (have) a kitten. But he _____ (have) a puppy.

2. He will _____ (go) to school tomorrow.

3. Mike _____ (do) his homework every day.

4. Julie _____ (visit) her grandparents next week.

5. They _____ (sweep) the floor just now.

6. Uncle Ben _____ (become) a doctor in Taipei in 1980, and he _____ (work) there since then.

7. Our science teacher told us that light _____ (travel) faster than sound.

8. I _____ (wash) my car last weekend.

9. We usually _____ (play) basketball in the playground after class.

10. I will tell Jean the news when she _____ (come) back next week.

11. Kevin _____ (live) in this city for 20 years, and he is still _____ (live) here now.

12. A: Is your brother at home? B: No, he _____ (go) to the market.

13. He _____ (buy) a bike the day after tomorrow.

14. My grandma _____ (watch) TV every day.

15. Our English teacher _____ (teach) in Taipei for ten years before he _____ (move) to Tainan.

IV. 根據動詞時態，以動詞 eat 完成下列表格。

1	現在式	I _____ hamburgers every day.
2	過去式	I _____ hamburgers yesterday.
3	未來式	I _____ _____ hamburgers tomorrow.
4	現在進行式	I _____ _____ hamburgers now.
5	過去進行式	I _____ _____ hamburgers when he came last night.
6	未來進行式	I _____ _____ _____ hamburgers when he comes tomorrow evening.
7	現在完成式	I _____ _____ hamburgers already.
8	過去完成式	I _____ _____ hamburgers before he came last night.
9	現在完成進行式	I _____ _____ _____ hamburgers for a while.
10	過去完成進行式	I _____ _____ _____ hamburgers for a while when he came.

第 2 章提及**動詞**在一個句子中具有舉足輕重的地位。請看下面例句：

> ❶ 肯定句：She is kind. (她很善良。)
>   否定句：She **is not** kind. (她不善良。)　　　　　(正確)
> ❷ 肯定句：We like her. (我們喜歡她。)
>   否定句：We **not like** her. (我們不喜歡她。)　　(錯誤)
>   ➡ We **do not like** her.　　　　　　　(正確)

　　從上面兩例可以得知，英文有 be 動詞的肯定句變成否定句時，可以直接加 not（如例 1）。一般動詞的否定則需要藉助動詞 **do/does/did** 來完成（如例 2）。We like her. 否定式正確的寫法是：We **do not** like her. 這裡出現一個重要的字——**do**，文法上稱為 【助動詞】(Auxiliary Verbs)。其能協助主要動詞 (main verb) 完成一些特定功能，為本章的重點。

6-1. 助動詞定義與種類

☀ 功能：幫助【動詞】的小工具
☀ 種類：【基本助動詞】&【情態助動詞】

　　助動詞協助主要動詞形成否定、疑問、時態、語態或表示說話者的情感與態度。
　　助動詞有兩種：【基本助動詞】與【情態助動詞】。兩者的最大差異在於基本助動詞沒有詞義，而情態助動詞卻有具體語意。兩者各司其職，在英文各式句子中扮演著重要的角色，請看下表：

基本助動詞	情態助動詞
be, do, have	will (would), shall (should), can (could), may (might), must, need, dare, ought to, had better

1. 沒有詞義。 2. 只有語法作用，無法單獨存在。 3. 用於進行式、完成式、被動式、否定句、疑問句。	1. 具有詞義 2. 無法單獨存在，必須搭配其他動詞使用。
Examples **1. 進行式：** ❋ Lydia **is** writing a letter. 　(Lydia 在寫信。) **2. 完成式：** ❋ They **have** bought the house. 　(他們已經買了房子。) **3. 被動式：** ❋ The tree **was** planted by my brother. 　(這棵樹是我哥哥種的。) **4. 否定句：** ❋ He **doesn't** like vegetables. 　(他不喜歡蔬菜。) **5. 疑問句：** ❋ **Do** you like English? 　(你喜歡英文嗎？)	**具有四種特性：** **1. 可移性：**移至句首即變成問句。 ❋ **Can** you play the guitar? 　(你會彈吉他嗎？) **2. 原形性：**後面只接原形動詞。 ❋ He **could** play the guitar. 　(他會彈吉他。) **3. 單一性：**一個句子只能有一個情態助動詞。 ❋ He will can finish it. (×) ❋ He **will** finish it. 或 He **can** finish it. (○) 　(他將完成。/他可以完成。) **4. 超然性：**不受主詞人稱、性別和單複數的限制。 ❋ They/John **will** go to the zoo tomorrow. 　(他們/John 明天會去動物園。)

6–2. 基本助動詞 (be, do, have)

功能：表示時態、被動、疑問句、否定句、簡答、加強語氣

A. 表示時態

Examples

❋ He **has** been to Paris many times. (他去過巴黎很多次。) ➡ 完成式

❋ They **were** talking on the MSN when the boss came in.

　(老闆進來時他們正在 MSN 上交談。) ➡ 進行式

B. 表示語態 ➡ 被動式

Examples

❋ The book **is** <u>written</u> in English. (這本書用英文寫的。)
❋ The passengers **were** <u>sent</u> to the hospital after the accident.
(意外發生後乘客們被送到醫院。)

C. 構成否定句

Examples

❋ Peter **does** <u>not</u> (= doesn't) like singing. (Peter 不喜歡唱歌。)
❋ Peter **has** <u>not</u> (= hasn't) done his job. (Peter 還沒完成工作。) ➜ 完成式

D. 構成疑問句

Examples

❋ **Does** Peter like singing? (Peter 喜歡唱歌嗎？)
❋ **Has** Peter done his job? (Peter 完成工作了嗎？)

E. 簡答或替代

➜ 避免重複，讓句意精簡。

Examples

❋ Q: **Does** Peter like singing? (Peter 喜歡唱歌嗎？)
　A: Yes, he **does**./No, he **doesn't**. (是的，他**喜歡**。/不，他**不喜歡**。)
❋ Q: **Has** Peter done his job? (Peter 完成工作了嗎？)
　A: Yes, he **has**./No, he **hasn't**. (是的，他**做完了**。/不，他**還沒完成**。)
❋ I run as fast as he **does** (=runs). (我可以跑得跟他一樣快。)
❋ I likes classical music, <u>and so **does** Mary</u> (= and Mary likes classical music, too).
(我喜歡古典樂，Mary 也是。)
　➜ (倒裝句的概念詳見 11−3−1)

F. 加強語氣

➜ 表示『真的、的確』。

Examples

❋ I **do** love you. (我真的愛你。)
❋ He **does** study hard. (他真的很用功。)

🍃 **Try it!** 根據中文，填入適當的助動詞。

1. A: _____ you like your new school life? (你喜歡新的學校生活嗎？)

   B: Yes, I _____ . (是的，我喜歡。)

2. She _____ learned cooking before. (她之前沒有學過烹飪。)

3. English _____ taught all over the world. (世界各地都教英語。)

4. Peter, I _____ miss you. (Peter，我真想你。)

5. Eric _____ like his noisy neighbor. (Eric 不喜歡他吵鬧的鄰居。)

6-3. 情態助動詞

功能：表示說話人的看法、態度等，具有特定的語義

情態助動詞如下：

原形	過去式	中文	同義用法
can	could	能夠、可以	be able to
may	might	或許、可能	
must	must	必須	have to
will	would	願意、想要	
shall	should	應該	ought to
had better	had better	最好	
need	needed	需要	**need** 與 **dare** 也可當一般動詞
dare	dared	敢…	

【情態助動詞】的**過去式**表示：

(1)「時間」為過去式　　(2)「語氣」較委婉客氣　　(3) 可能性較低。

6-3-1 can/could

A. 能力

Examples

- Billy **can/could** speak fluent English. (Billy 能夠說流利的英文。)
- Sally is a good runner, so she **can/could** run very fast.
  (Sally 是一名跑步好手,她可以跑得很快。)

B. 許可

Examples

- Everyone **can/could** borrow books from the library. (每個人都可以從圖書館借書。)
- After getting a driver's license, you **can/could** drive now.
  (拿到駕照之後,你現在可以開車了。)

C. 可能性

Examples

- If you keep eating junk food, you **can/could** be fat.
  (如果你持續吃垃圾食物,你可能會變胖。)
- I **can/could** get there in ten minutes. (我十分鐘之後就可以到那裡。)

D. 請求

Examples

- **Could** you do me a favor? (你可以幫我一個忙嗎?)
- **Can** you pass me the book? (你可以把書遞給我嗎?)

E. 表示驚訝、懷疑

➡ 用於否定句、疑問句、感嘆句

Examples

- He **cannot** be the thief. (他不會是小偷的。)
- How **can** you be so rude? (你怎麼會如此魯莽?)

停看聽

can 與 could 的否定句

❶ **cannot** 或 **can't**：cannot 之間不能分開。

❷ **could not** 或 **couldn't**：could not 之間要分開。

說明：在一般口語或書寫都以縮寫方式 (can't/couldn't) 呈現 can/could 的否定句。用於正
　　　式書寫或是特別強調時，則會用 cannot 或 could not 的形式來表現。

相關句型

❶ **cannot/couldn't + help but + V/V-ing**　忍不住、禁不住、不得不…

　　※ I cannot help **but cry**. = I cannot help **crying**. (我忍不住哭了。)

❷ **cannot...too...**　無論…也不為過

　　※ We **cannot** be **too** careful in choosing friends. (在擇友上，我們再小心也不為過。)

停看聽

【can/could】 vs. 【be able to】

can/could	be able to
皆有『能夠』之意	
只用於現在式和過去式	可以用於各種時態
※ He **can/could** write poems. (他能寫詩。)	※ He **will** be able to write poems to you. (他很快就能寫詩給你了。) ※ She **has been** able to write poems. (她已經能寫詩了。)
說明：(1) 助動詞 will 與 has 之後不能再放另一個助動詞 can，會違反『單一性』 　　　　(一個句子只能有一個助動詞) 的原則，所以只能用 be able to。 　　　(2) can/could 只有表示【能力】時，可用 be able to 代替，其他功能時**不能**互換。	

6-3-2 may/might

A. 可能、或許

➜ 用於肯定句

Examples

❋ You **may** have left your bag on the bus. (你可能把包包留在公車上了。)
❋ The lady in blue **might** be John's new girlfriend.
(那個穿藍色衣服的小姐可能是 John 的新女友。)

B. 請求、允許

➡ 比 **can** 的語氣更為禮貌

Examples

❋ You **may** take whatever you want. (喜歡什麼你都可以拿。)
❋ **May** I borrow your digital camera? (我可以借你的數位相機嗎?)

C. 祈願

Examples

❋ **May** you have a wonderful vacation. (祝你有個美好的假期。)
❋ **May** she rest in peace. (願她安息。)

🍃 Try it!

I. 根據句意,填入適當的助動詞 can/could/may/might

1. _____ you have a wonderful journey. If you have any problems, you _____ call me anytime.
2. William has lived in France for 10 years, so he _____ speak fluent French.
3. _____ you please open the windows for me?

II. 引導式翻譯

1. 我現在只是一個學生,無法買房子給家人;但將來找到一個好工作時,我就能負擔得起。
   I am just a student now, so I _____ buy a house for my family; however, I will _____ _____ _____ afford it when I find a good job in the future.
2. 看到那個滑稽的小丑,觀眾們忍不住笑了出來。
   The audience _____ _____ _____ _____ out loud when they saw the funny clown.
   = The audience _____ _____ _____ out loud when they saw the funny clown.

6-3-3 must

A. 義務、勸告

Examples

❋ As a student, you **must** obey the school rules. (做為一個學生，你必須遵守校規。)

❋ If you want to win, you **must** work hard. (如果你想要贏，一定要努力。)

B. 強烈的禁止

➡ 與 **not** 連用

Examples

❋ You **must** not smoke and drink, or you will be punished.

(你一定不可以抽菸喝酒，否則會被處罰。)

❋ Children **must** not open the door if their parents are not at home.

(當父母不在家時，小孩一定不可以打開門。)

C. 肯定的推測

➡ 用於肯定句，表『想必、準是、一定』。

Examples

❋ Someone called me. It **must** be Tom. (有人打電話給我，準是 Tom。)

❋ You **must** be very tired after doing so much work. (做這麼多工作之後，你一定很累。)

停 看 聽

【must】 vs. 【have to】

must	have to
皆有『必須』之意，意思相近。	
強調**主觀**因素 ➡ must 為最強烈程度的助動詞，表示非做不可的義務；著重於個人意志。	強調**客觀**因素。 ➡ have to 多用於表達非個人意志，強調事實而非個人情感情緒。
❋ Everyone **must** buy the ticket. (每個人都必須買票。)	❋ It's getting dark, so I **have to** go back now. (天黑了，我必須早點回去。)

過去式：must 本身並沒有過去式，要用 had to。	過去式：had to
❋ Most people **had to** work on Saturday many years ago. （大部分人許多年前星期六要上班。）	❋ In the past, we **had to** line up buying train tickets, but now we can do it on the Internet. （以前我們必須排隊買火車票，現在可以在網路上完成。）
否定式：must ➡ mustn't 不准、不可以	否定式：have to ➡ don't have to 不必
❋ You **mustn't** go to school today. （今天你不准去上學。）	❋ You **don't have to** go to school today. （今天你不必去上學。）

🍃 **Try it!** 填入 must, have to，包含否定形式。

1. I should be at the school by 8:00. It's 7:40. I probably ＿＿＿＿＿ take a taxi.
2. Tina: Look at those flowers on my table. They're beautiful!

         Who could be the person to give me the surprise?

   Stella: It ＿＿＿＿＿ be David. He's your "secret" admirer (仰慕者).
3. If a man has courage, he doesn't ＿＿＿＿＿ worry about anything.
4. Cars ＿＿＿＿＿ not park in front of the entrance.
5. Everyone ＿＿＿＿＿ attend the meeting on time.

🌳 **6–3–4 will/would**

否定形式：**will not = won't**

             would not = wouldn't

A. 表示未來的動作或狀態

Examples

❋ You **will** receive a gift from me on Christmas.

  （聖誕節時你將會收到我的一個禮物。）
❋ She **will** return from Europe next month.

  （她下個月將會從歐洲回來。）

B. 表示意願、決心、意向

Examples

* I **will/would** do my best. (我會盡力。)
* We **won't** give up. (我們不會放棄。)

C. 表示請求

Examples

* **Will/Would** you stop talking so loudly? I am studying now.

    (你可以不要這麼大聲說話嗎？我正在讀書。)
* The food is delicious. **Won't** you have more?

    (食物很好吃。你不要再多吃點嗎？)

D. 表示某種傾向或可能性

Examples

* Fish **will** die without water. (魚沒有水會死。)
* The dog **will** bark if you get close to it. (如果你接近這隻狗，牠會吠叫。)

相關句型

❶ **would like to + V**　想要

❷ **would rather + V**　寧願

❸ **would rather V_1 than V_2**　寧願⋯也不願

　= **would V_1 rather than V_2**

　= **prefer to V_1 rather than V_2**

　= **prefer V-ing to V-ing**

Examples

* I **would rather** go shopping **than** read novels.

    = I **would** go shopping **rather than** read novels.

    = I **prefer to** go shopping **rather than** read novels.

    = I **prefer** going shopping **to** reading novels.

    (我寧願逛街也不願讀小說。)

停看聽

【will】 vs. 【be going to】

will	be going to
❶ 表示**將來發生**的事情，不一定是近期會發生的事。	❶ 表示按**計劃安排**或**即將發生**的動作，有比較明確的一個時間點。
✳ I **will** go abroad for further studies. （我將出國進修。）	✳ I **am going to** study abroad next year. （我明年要出國唸書。）
❷ 用於敘述某件將會發生之事，表示**客觀**陳述。	❷ 表示打算做某事，表示**主觀**敘述。
✳ We **will** win the game. （我們將會贏得比賽。）	✳ We **are going to** defeat the opponents. （我們要打敗對手。）
❸ 與**條件句**搭配時，要用 will 而不是 be going to。 ✳ If it rains tomorrow, I **will** stay at home. （如果明天下雨，我會待在家。）	

6–3–5 shall/should

A. 徵詢意見

用於第一人稱的**疑問句**。

Examples

✳ What **shall** we do this weekend? (這周末我們應該做什麼？)

✳ **Should** I write down my name on the form? (我應該在表格上寫下名字嗎？)

B. 表說話者的態度

用於第二、第三人稱**直述句**，表『**命令、警告、承諾、決心**』。

Examples

✳ You **shall** do as I say. (你要按我說的來做。) ➡ 命令

✳ He **shall** be careful. (他要小心一點。) ➡ 警告

＊ should = ought to　　shouldn't = ought not to

* You **should** (= **ought to**) quit smoking. (你應該戒菸。)
* You **shouldn't** (= **ought not to**) smoke. (你不應該吸菸。)

🌰 **Try it!**　填入 shall, should, will, would, shouldn't, wouldn't，並注意大小寫。

1. _____ I take the medicine before or after dinner?
2. _____ you mind if I open the window? It's getting hot.
3. _____ you go to the library with me tomorrow?
4. You _____ watch TV for more than one hour. It _____ be harmful to your eyes.
5. What _____ I do next step?
6. He _____ like to buy the latest album of the singer because it's too expensive.

🌲 6–3–6 had better

具有勸告、忠告之意，意思是『最好…』。

後面需接原形動詞，簡寫為 **'d better**。

Examples

* For your health, you **had better** (= you**'d better**) quit smoking now.
  (為了健康，你**最好**現在戒菸。)
* You **had better** study hard if you want to pass the examination.
  (如果你想考試及格，**最好**是努力讀書。)

否定式為 **had better not**

* You **had better not** (= You**'d better not**) tell him the secret.
  (你**最好**不要告訴他這個秘密。)

疑問句形式：**Had + S + better...** (最好是…)？
　　　　　　　Hadn't + S + better... (最好不要…)？

Examples

☀ **Had** I **better** keep silent? (我**最好**保持沉默嗎？)

☀ **Hadn't** I **better** keep silent? (我**最好**不要保持沉默嗎？)

6–3–7 need 及 dare

need (需要) 與 **dare** (敢) 為特殊的情態助動詞。既可以做為**一般動詞**也能作為**助動詞**使用。

A. 當【一般動詞】

Examples

1. 肯定句：I **need** your help. (我**需要**你的幫忙。)

2. 否定句：I don't **need** your help. (我**不需要**你的幫忙。)

3. 肯定句：He **dares** to tell his mom the truth. (他**敢**告訴他媽媽實話。)

4. 否定句：He doesn't **dare** to tell his mom the truth. (他**不敢**告訴他媽媽實話。)

➡ 如果為一般動詞，否定時需要基本助動詞 (do/does/did) 輔助。

B. 當【助動詞】

Examples

☀ 否定句：He **need** not (= **needn't**) tell you anything. (他不需要告訴你任何事。)

　否定句：**Need** he tell you anything? (他需要告訴你任何事嗎？)

☀ 否定句：He **dare** not tell a lie. (他**不敢**說謊。)

　疑問句：How **dare** he tell a lie? (他怎麼**敢**說謊？)

相關句型

　　以下句型**助動詞 +have V–p.p.** 都是對說話者『**過去發生的事情**』表達不同程度的推測或看法。這類題型考試時也容易出現，請詳加分辨。

就表示的可能性程度而言，**must > could > may > might**。

句型	意義	翻譯
❶ must + have V-p.p.	推測過去某事一定發生了	【一定…】
☀ It **must** have rained hard last night because the ground is so wet now. (昨晚一定下大雨，因為地面現在很濕。)		

❷ (1) can/could + have V-p.p.	推測過去某動作**很可能**發生了	【很可能…】
(2) can't/couldn't + have V-p.p.	推測過去某動作**不可能**發生	【不可能…】

* The deserted island **could** have been hit by the tsunami.
  (這個廢棄的島嶼**可能被海嘯襲擊過**。)
* The ground is not wet at all. It **couldn't** have rained last night.
  (地面一點都沒有濕，昨天**不可能**下過雨。)

❸ may/might + have V-p.p. ➡ may 比 might 的可能性更高	推測過去某事**也許**發生了	【可能 / 也許…】

* He **may** have forgotten the party. (他**可能忘記**派對。)
* He **might** have left the country. (他**可能已經離開**這個國家了。)

❹ (1) should/ought to + have V-p.p.	對已發生的情況表示**責備**、**不滿**	【本應該…】 應該…卻沒有…
(2) should not/ought not to + have V-p.p.		【本不應該…】 不應該…卻…

* You **should/ought to** have done your homework by this morning.
  (你**本應該**在今天早上前完成你的作業的。) ➡ 事實上作業並沒有完成
* The witness **should not/ought not to** have told the wrong information to the police. (這個目擊者**不應該**告訴警方錯誤的訊息。) ➡ 事實已經說了

🎺 **停 看 聽**

兼具【助動詞 & 主動詞】功能者

❶ be ❷ have ❸ do ❹ need ❺ dare ❻ used to

	助動詞	主動詞（一般動詞 /be 動詞）
❶	Mary **is** surfing the Internet. (Mary 正在上網。)	Mary **is** a doctor. (Mary 是醫生。)
❷	I **have** read this novel. (我已經讀了這本小說。)	We **have** some good ideas. (我們有一些好點子。)

❸	The kids **do** not like the cartoon. (小孩不喜歡這部卡通。)	The students **do** their homework carefully. (學生很仔細地寫作業。)	
❹	You **needn't** tell me the answer. (你不必告訴我答案。)	You don't **need** a new cell phone. (你不需要一支新手機。)	
❺	**Dare** he make a speech in public? (他敢公開演講嗎？)	He doesn't **dare** to say the answer. (他不敢說出答案。)	
❻	They **used** to live there. (他們以前住在那裡。)	They **used** MSN to talk online. (他們用 MSN 線上交談。)	

🌿 **Try it!** 根據語意，選出適當選項。

1. (　　) A: Should I go to the dentist with you?

   B: No, you ＿＿＿ with me.

   (A) need not to go　(B) do not need go　(C) need not go　(D) need go not

2. (　　) We are going to be late. You ＿＿＿ hurry up.

   (A) had better　　(B) have better　　(C) would rather　(D) had better not to

3. (　　) How ＿＿＿ he speak ill of me behind my back?

   (A) need　　　　(B) dare　　　　(C) will　　　　(D) shall

4. (　　) To be successful, you must dare ＿＿＿ new things.

   (A) try　　　　　(B) be tried　　　(C) trying　　　(D) to try

5. (　　) He ＿＿＿ been more careful. If so, we wouldn't have such a great loss of money.

   (A) should have　(B) might have　(C) could have　(D) must have

6. (　　) Don't worry. They could have just forgotten to call. They ＿＿＿ been on the way home.

   (A) should have　(B) might have　(C) couldn't have　(D) must have

7. (　　) He ＿＿＿ known to truth, but he chose to be silent.

   (A) should have　(B) couldn't have　(C) should not have(D) must have

*P*ractice & Review

I. 選擇題

1. (　　) You _____ return the book now. You can keep it until next week.
   (A) shouldn't　　(B) mustn't　　(C) needn't　　(D) can't

2. (　　) A: Can I leave my bag on the table?
   B: No, you _____ . It may be stolen.
   (A) had better not　　　　(B) would better not
   (C) should better not　　　(D) could better not

3. (　　) The man speaks Chinese with a strong accent. He _____ a native speaker.
   (A) shouldn't be　(B) won't be　(C) can't be　(D) may be

4. (　　) When driving a car on the freeway, you _____ be too careful.
   (A) shouldn't　　(B) cannot　　(C) mustn't　　(D) wouldn't

5. (　　) A: _____ you like to have some coffee?
   B: No, thanks.
   (A) Would　　(B) Might　　(C) Should　　(D) Could

6. (　　) Jill _____ swim in the river when she was a child.
   (A) was used to　(B) used to　(C) be use to　(D) am used to

7. (　　) You look so tired. I think you _____ stayed up late last night.
   (A) should have　(B) couldn't have　(C) would have　(D) must have

8. (　　) You _____ have done your report last night, but you didn't.
   (A) could　　(B) should　　(C) would　　(D) may

9. (　　) It is pretty cold outside. You'd better _____ my coat.
   (A) putting on　(B) not to put on　(C) to put on　(D) put on

10. (　　) Chen: Don't forget to bring your umbrella with you. It's raining.
    Jimmy: Thanks. _____ .
    (A) I don't　　(B) I can't　　(C) I won't　　(D) I haven't

II. 句子改錯

_____ 1. Do you could give me a hand?

_____ 2. Time is money. We must to use our time well.

_____ 3. You not should smoke. It's bad for your health.

_____ 4. What time do your sister start work?

_____ 5. The dog can be able to run very fast.

_____ 6. My brother have to work from Monday to Saturday.

_____ 7. He may should hand his paper on time.

_____ 8. He is very busy now. You had not better bother him.

III. 句子替換

1. You **must** do the dishes. = You _____ _____ do the dishes.

2. The old man **can** run fast.

   = The old man _____ _____ _____ run fast.

3. The little girl **would rather** eat bread **than** have noodles.

   = The little girl _____ eating bread _____ having noodles.

4. They **couldn't** find any secrets. = They _____ not _____ to find any secrets.

5. You **should** be here on time. = You _____ _____ be here on time.

IV. 文意選填

(A) is	(B) had better	(C) must	(D) didn't	(E) couldn't
(F) would	(G) should have	(H) couldn't help but	(I) didn't have to	(J) might

It was Sunday yesterday. I __(1)__ work, so I __(2)__ set my alarm clock. I thought that I __(3)__ have a nice sleep on weekend. However, I was awakened by a strange sound coming from my bed in the early morning. "What __(4)__ it? It __(5)__ be a mouse. I __(6)__ check it out when I get up later," I thought.

However, I fell asleep again and totally forgot the sound. Then, the sound came up again about every 10 minutes. I tried to ignore (忽略) it over and over again. But I __(7)__ sleep anymore. Finally, I got up to examine (檢查) where the noise came from. To my surprise, it was not a mouse that made the noise. It was the ring tone (手機鈴聲) coming from my cell phone. I __(8)__ turned off the alarm clock last night. "It __(9)__ be a stupid mistake I have ever made." I said to myself. I __(10)__ blame myself.

(1) _____ (2) _____ (3) _____ (4) _____ (5) _____

(6) _____ (7) _____ (8) _____ (9) _____ (10) _____

英語中的動詞有兩種語態：【主動語態】和【被動語態】。我們先從中文來說明這兩個概念，比較以下兩句：

(1) 他打開了這扇門。　　(2) 這扇門被打開了。

第 1 句的主詞是『他』，第 2 句主詞換成『這扇門』。

主動語態 (active voice) 表示主詞是動作的【執行者】，例如：**We** speak English.。

被動語態 (passive voice) 表示主詞是動作的【承受者】。例如：**English** is spoken by people.。中文常說「窗戶**被**小偷打破了。」，或是「機器**由**工人修好了。」，「被」、「給」、「由」、「受」等詞在中文就表示被動意味，在英文中則需要用動詞的被動語態來表示。

7-1 被動語態的規則

公式： **be + V-p.p. (by...)**
主詞為動作的【承受者】，by 接動作的【執行者】

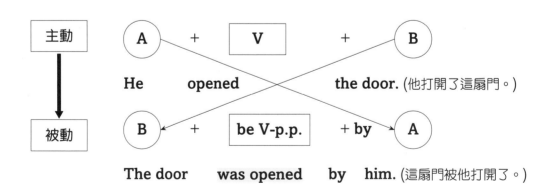

主動 ➡ 被動的步驟

Step 1：主動句的受詞變成被動句的**主詞**，主動句的主詞前加上 by 變成被動句的**受詞**。

Step 2：原動詞 (必須為**及物動詞**)，改成 **be + V-p.p.** (過去分詞)，be 隨著句子的時態與人稱做變化。

Examples

❋ The workers **built** some new houses. (工人建造一些新的房子。)。

➡ Some new houses **were built by** the workers.

❋ A lot of people **learn** English all over the world. (全世界很多人學習英文。)

➡ English **is learned by** a lot of people all over the world.

 Try it! 將以下句子由主動改成被動。

1. Sunny wrote two interesting short stories.

→ _____

2. The young artist paints the beautiful picture.

→ _____

3. The naughty boy broke the windows yesterday evening.

→ _____

7-2 被動語態的使用時機

當執行者不明、強調某個對象、動作由無生命者執行、表示客觀說法時使用

A. 不知道或無需指出動作的執行者

執行者如果是 **people, we, you, they, somebody, someone** 等表示『人們』、『大家』這類「不確定或者泛指一般大眾」的對象時，通常可以省略。

Examples

❋ The bridge **was built** last year (by people). (這座橋是去年建造的。)

❋ My bike **was stolen** last night (by someone). (我腳踏車昨晚被偷了。)

B. 強調動作的【承受者】或【造成的結果】

Examples

❋ The singer **was given** an award to honor her contribution to the music industry.

(這個歌手被頒予一個獎項，表彰她對音樂工業的貢獻。) ➡ 強調這個歌手 (承受者)

❋ The mistake **was made** by the careless employee.

(這個錯誤是由那個粗心的員工造成的。) ➡ 強調這個錯誤 (造成的結果)

C. 動作的執行者為【無生命者】

Examples

❋ My hat **was blown** away by wind. (我的帽子被風吹走了。)

❋ The victims **were comforted** by the touching song. (受難者被那首感人的歌安慰。)

D. 表示【客觀說明】

常見的句型有:

It is **believed** that...　大家相信…	It is **hoped** that...　大家希望…
It is **reported** that...　據報導…	It is **thought/considered** that...　大家認為…
It is **said** that...　據說…	It is **well known** that...　眾所周知…

Examples

❋ **It is believed that** he is a spy.

　= He **is believed to** be a spy. (大家相信他是個間諜。)

❋ **It is said that** a broken mirror will bring bad luck.

　= A broken mirror **is said to** bring bad luck. (據說破鏡會帶來厄運。)

停看聽

【情緒形容詞】➡ 情緒動詞的分詞當形容詞

❶ 情緒動詞的分詞形態可以當【形容詞】用,共分兩種:

　(1)「現在分詞 V-ing」➡ 表示主動,修飾「事」或「物」。

　　意思是:(某事物) 令人感到…的

　(2)「過去分詞 V-p.p.」➡ 表示被動,修飾「人」。

　　意思是:(某人) 感到… (分詞的概念會在第 10 章詳述)

Examples

❋ The book **interests** me. (這本書使我感到有興趣。) ➡ 情緒動詞

❋ The book is **interesting** to me. (這本書對我而言是有趣的。)

　➡ 現在分詞 (V-ing) 當形容詞

❋ I am **interested** in this book. (我對這本書感到有興趣。) ➡ 過去分詞 (V-p.p.) 當形容詞

❷ 情緒形容詞是 **V-ing** 時，所搭配的介系詞只有 **to**。

Examples

☀ The result is **surprising to** me. (結果令我感到驚訝。)

☀ The basketball game is **exciting to** them. (籃球賽令他們感到興奮。)

❸ 情緒形容詞是 **V-p.p.** 時，會搭配不同的介系詞，用來修飾「人」。

不同的情緒形容詞後面接的介系詞有所不同，需多加留意，這也是常見的考題類型。

後面通常加 (1) that + 子句。(2) 介系詞 + 名詞 /V-ing。

Examples

☀ I am **surprised** that he didn't come. (我對他沒來一事感到驚訝。) ➡ that + 子句

☀ They are **excited** about the basketball game.

(他們對籃球賽感到興奮。) ➡ about + N

常見的情緒形容詞片語

be **amused by**　對…感到有趣的	be **scared of**　對…感到害怕的
be **bored with**　對…感到無聊的	be **shocked by**　對…感到震驚的
be **confused about**　對…感到困惑的	be **surprised at**　對…感到驚訝的
be **embarrassed about**　對…感到尷尬的	be **tired of**　對…感到厭倦的
be **excited about**　對…感到興奮的	be **touched by**　對…感到感動的
be **interested in**　對…感到有趣的	be **troubled with**　對…感到麻煩的
be **satisfied with**　對…感到滿意的	be **worried about**　對…感到憂慮的

🍃 **Try it!**　圈選出適當的形容詞。

1. For me, math is a (boring, bored) subject.

2. Computer games are always (interesting, interested) to young children.

3. Studying all day without playing is really (tiring, tired).

4. The mother is (worrying, worried) about her sick child.

5. The shy girl felt (embarrassed, embarrassing) when she said something wrong.

7-3 八種時態的被動語態

注意：主動語態中的「未來進行式」、「現在完成進行式」、「過去完成進行式」及「未來完成進行式」的被動語態很少見，此處不予討論。

被動語態的公式是 **be + V-p.p.**，過去分詞 **V-p.p.** 的形態是固定不變的，但 **be** 會隨著每個句子中不同的【時態】與【人稱】而做變化，這也是大家常常忽略之處，必須特別注意。

被動語態的 8 種時態公式如下表：

	現在	過去	未來
簡單式 被動語態	am/is/are + V-p.p.	was/were + V-p.p.	will be + V-p.p.
進行式 被動語態	am/is/are + being + V-p.p.	was/were + being + V-p.p.	
完成式 被動語態	have/has + been + V-p.p.	had + been + V-p.p.	will have + been + V-p.p.

下表為主動與被動共有的 8 種時態的比較：

時態	主動語態	被動語態
簡單 現在式	I **clean** the house.	The house **is cleaned** by me.
簡單 過去式	I **cleaned** the house.	The house **was cleaned** by me.
簡單 未來式	I **will clean** the house.	The house **will be cleaned** by me.
現在 進行式	I **am cleaning** the house.	The house **is being cleaned** by me.
過去 進行式	I **was cleaning** the house.	The house **was being cleaned** by me.

現在 完成式	I **have cleaned** the house.	The house **has been cleaned** by me.
過去 完成式	I **had cleaned** the house.	The house **had been cleaned** by me.
未來 完成式	I **will have cleaned** the house.	The house **will have been cleaned** by me.

7-3-1 簡單現在式的被動語態

Examples

* People **grow** rice in most Asian countries.
  * ➡ Rice **is grown** (**by** people) in most Asian countries.
    (大部分亞洲國家的人種植稻米。)
* Many housewives in Taiwan **love** Korean dramas.
  * ➡ Korean dramas **are loved by** many housewives in Taiwan.
    (很多台灣的家庭主婦喜歡韓劇。)

7-3-2 簡單過去式的被動語態

Examples

* We **planted** a lot of trees and flowers in the park.
  * ➡ A lot of trees and flowers **were planted by** us in the park.
    (我們在公園裡種了很多樹跟花。)
* The thief **stole** the sports car.
  * ➡ The sports car **was stolen by** the thief.
    (這個賊偷走了跑車。)

7-3-3 簡單未來式的被動語態

Examples

* They **will finish** the report tomorrow.
  * ➡ The report **will be finished by** them tomorrow.
    (明天他們會完成報告。)

✺ His friends **will give** him a great birthday party next week.

➡ He **will be given** a great birthday party **by** his friends next week.

➡ A great birthday party **will be given to** him **by** his friends next week.

(他的朋友們下週將會給他一個很棒的生日派對。)

🍃 **Try it!**

I. 根據語意，選出最適當選項。

1. (　　) Those letters _____ written by Tom ten years ago.

　　(A) are 　　　　(B) is 　　　　(C) were 　　　　(D) being

2. (　　) The house _____ by the old woman. (選出錯誤的選項)

　　(A) is cleaned 　(B) was cleaned 　(C) will be cleaned (D) being cleaned

3. (　　) The expensive cell phone _____ by the little girl.

　　(A) is finding 　(B) was found 　(C) will find 　　(D) being found

4. (　　) Mary's radio _____ by my brother.

　　(A) be repaired 　(B) has repaired 　(C) was repaired 　(D) repaired

5. (　　) When _____ the Republic of China _____?

　　(A) was, founded 　(B) was, found 　(C) did, found 　(D) does, found

🌳 **7-3-4** 現在進行式的被動語態

Examples

✺ The workers **are building** a new movie theater here.

➡ A new movie theater **is being built by** the workers.

(工人們正在這裡建造一個電影院。)

✺ The teacher **is telling** a funny joke in the classroom.

➡ A funny joke **is being told by** the teacher in the classroom.

(老師正在教室裡說一個有趣的笑話。)

🌳 **7-3-5** 過去進行式的被動語態

Examples

✺ Sam and Lisa **were making** a plan for the trip from 10 to 12 this morning.

➡ A plan for the trip **was being made by** Sam and Lisa from 10 to 12 this morning.

(今天早上 10 點到 12 點，Sam 和 Lisa 正在規劃一個旅行計畫。)

* The old man **was using** the cell phone when the accident happened.
    ➡ The cell phone **was being used by** the old man when the accident happened.
    (當意外發生時，這個老人正在使用手機。)

🌲 7–3–6 現在完成式的被動語態

Examples

* The employees **have done** the jobs.
    ➡ The jobs **have been done by** the employees. (員工們已經完成工作。)
* Mrs. Lin **has punished** the student because he was late for class again.
    ➡ The student **has been punished by** the teacher because he was late for class again. (因為再次遲到，林老師處罰了這個學生。)

🌲 7–3–7 過去完成式的被動語態

Examples

* The city government **had torn down** the old building before we moved here.
    ➡ The old building **had been torn down** by the city government before we moved here. (在我們搬來這裡之前，市政府已經拆掉舊的建築物。)
* By the end of last year, the team **had completed** another new project.
    ➡ By the end of last year, another new project **had been completed** by the team. (去年底前，這個團隊已經完成另一個新計畫。)

🌲 7–3–8 未來完成式的被動語態

Examples

* They **will have used** the car for 20 years by 2015.
    ➡ The car **will have been used** for 20 years by 2015.
    (到 2015 年時，他們那輛車就已經使用 20 年了。)
* The police **will have sent** the criminal to jail by the end of next month.
    ➡ The criminal **will have been sent** to jail by the police by the end of next month.
    (下個月底前警方就會把罪犯送到監獄。)

🍃 **Try it!** 根據語意，填入或選出最適當選項。

1. 這些產品正在被海關檢查 (examine)。

The products ＿＿＿＿＿＿ ＿＿＿＿＿＿ ＿＿＿＿＿＿ by the Customs.

2. 昨晚你打電話來時，我姊姊正在打掃廚房。

The kitchen ＿＿＿＿＿＿ ＿＿＿＿＿＿ ＿＿＿＿＿＿ by my sister when you called last night.

3. 我現在正在剪頭髮。

My hair ＿＿＿＿＿＿ ＿＿＿＿＿＿ ＿＿＿＿＿＿ now.

4. (　　) The new bridge ＿＿＿ by the end of last month.
   　　(A) has been designed 　　　　　(B) had been designed
   　　(C) was designed 　　　　　　　(D) would be designed

5. (　　) You needn't hurry her; the assignment ＿＿＿ by her before you call her.
   　　(A) will have been finished 　　(B) will finish
   　　(C) will be finishing 　　　　　(D) has been finished

6. (　　) The books ＿＿＿ by me for many times.
   　　(A) would be read 　　　　　　(B) was being read
   　　(C) has been read 　　　　　　(D) have been read

7-4 被動語態的其他用法

❶ 情態助動詞　❷ 授與動詞　❸ 使役動詞及感官動詞　❹ 片語動詞
❺ 否定不定代名詞　❻ 已有被動含意的動詞　❼ 無被動用法的動詞或片語

　　除了以上的八大時態外，以下一些特殊用法也是被動語態中重要的環節，常常是學習者會感到混淆之處，在此處做一整理。

🌳 7-4-1.【情態助動詞】的被動語態

放在 **be + V-p.p.** 之前即可

Examples

❀ My work **should** be done today. (我的工作今天必須完成。)
❀ Tables **can** be made of stone. (桌子可由石頭製作。)

7-4-2.【授與動詞】的被動語態

直接受詞 (DO) 與 **間接受詞 (IO)** 可以成為被動語態的主詞。以直接受詞 (物) 為主詞,要多加一個介系詞 **to** 或 **for**。(【授與動詞】詳見第二章 2-2-4)

Examples

* My father gave me a new book on my birthday.

  (爸爸在我生日時送我一本書。)

  物當主詞:**A new book** was given **to** me (by my father) on my birthday.

  人當主詞:**I** was given a new book (by my father) on my birthday.

7-4-3【使役動詞】及【感官動詞】的被動語態

【使役動詞】make 及【感官動詞】feel, hear, notice (注意), observe (觀察), perceive (察覺), see, watch 等 ➡ 要多加一個介系詞 **to**。

Examples

* My mom **made** me wait outside the school.

  ➡ I **was made to** wait outside the school by my mom.

  (我媽媽讓我在學校外面等。)

  說明:其他兩個使役動詞 let 及 have 通常不用被動。

* The security guard **saw** a stranger walk into the building.

  ➡ A stranger **was seen to** walk into the building by the security guard.

  (警衛看到一個陌生人走進大樓。)

7-4-4【片語動詞】的被動語態

如 **look up, look after, take care of, take off** 等,維持片語結構,動詞部分改為過去分詞。

Examples

* The hats should **be taken off** on the ceremony.

  (典禮時要拿下帽子。)

* The old need to **be looked after.**

  (老人需要被照顧。)

🌳 7–4–5【否定不定代名詞】的被動語態

如 **nobody, no one** 等，改為被動時應變為 **not...by** <u>anybody</u>/<u>anyone</u>。

Examples

- ☀ **Nobody** can answer this question.
  - ➡ This question can**not** be answered **by anybody**.

    (沒有人能回答這個問題。)
- ☀ **No one** could accept the result.
  - ➡ The result could **not** be accepted **by anyone**.

    (沒有人可以接受這個結果。)

🌳 7–4–6.【特殊動詞】的被動語態

A.【已有被動含意的動詞】

【連綴動詞】：feel, look, smell, sound, taste 等。

Examples

- ☀ The roses **smell** sweet. (玫瑰花聞起來很香。)
- ☀ The cake **tasted** good. (蛋糕嚐起來很好吃。)

【其他動詞】：cut, keep, open, read, sell, shut 等。

Examples

- ☀ This book **sells** well. (這本書賣得好。)
- ☀ The shop **opens** at 8 am and **closes** at 9 pm. (這家店早上八點開門，晚上九點關門。)

B.【無被動式的動詞或片語】

appear (出現), belong to (屬於), break out (爆發), come about (發生), come out (出現), come true (實現), cost (花費), die (死亡), disappear (消失), end (結束), fail (失敗), fall asleep (睡著), give out (用完), happen (發生), have (有), keep silent (保持安靜), last (持續), remain (依然是), run out (用完), spread (擴散、蔓延), take place (發生、舉行)

Examples

- ☀ An accident <u>was happened</u> yesterday. (×)　An accident **happened** yesterday. (○)

    (昨天發生了一場意外。)
- ☀ The book <u>is cost</u> me 100 dollars. (×)　The book **cost** me 100 dollars. (○)

    (這本書花了我 100 塊。)

🍃 Try it!

請依提示改寫或完成句子。

1. The little boy saw the robber jump out of the window yesterday. (改成被動語態)

   → _____

2. The family would not take Tim to Greece. (改成被動語態)

   → _____

3. Nobody will use this locker.

   → _____

4. The war _____ (爆發) in 1941.

5. The injured children _____ (look after) by the nurse.

📝 *P*ractice & Review

I. 選擇題

1. (   ) _____ a new swimming pool _____ in our school last year?

   (A) Is; built   (B) Was; built   (C) Does; build   (D) Did; build

2. (   ) A terrible accident _____ on this street last week.

   (A) has been happened   (B) was happened

   (C) is happened   (D) happened

3. (   ) So far, five books _____ by the writer already.

   (A) is written   (B) will be written

   (C) have been written   (D) was written

4. (   ) A speech on Modern Art _____ in the hall of the museum next week.

   (A) is given   (B) has been given

   (C) will be given   (D) gives

5. (   ) Look! A wonderful picture _____ by the painter.

   (A) is being drawn   (B) is drawing

   (C) has been drawn   (D) draws

6. (   ) When _____ this book _____?

   (A) did; bought   (B) was; bought

   (C) been; bought   (D) was; been bought

7. (　　　) We have to find a parking lot. We ＿＿＿ if we park the car here.
    (A) would be fined　　　　　(B) will be fined
    (C) would being fined　　　　(D) will have been fined

8. (　　　) The comic books on the table ＿＿＿ Mr. Lin.
    (A) belongs to　　　　　　　(B) are belonged to
    (C) belonging to　　　　　　(D) belong to

9. (　　　) We can't use the gym now because it ＿＿＿ now.
    (A) has been repaired　　　　(B) is repairing
    (C) is repaired　　　　　　　(D) is being repaired

10. (　　　) The competition ＿＿＿ in 2017.
    (A) will take place　　　　　(B) take place
    (C) will have be taken place　(D) have been taken place

II. 根據提示，填入恰當的被動語態。

1. The children will sing an English song.
    → An English song ＿＿＿＿ ＿＿＿＿ ＿＿＿＿ by the children.

2. They have sold out twenty handmade cakes.
    → Twenty handmade cakes ＿＿＿＿ ＿＿＿＿ ＿＿＿＿
    ＿＿＿＿.

3. Grace sent me a Christmas card from the U.S. last week.
    → A Christmas card ＿＿＿＿ ＿＿＿＿ ＿＿＿＿ me by Grace
    last week.

4. I have returned the magazine to William.
    → The magazine ＿＿＿＿ ＿＿＿＿ ＿＿＿＿ to William by me.

5. The students ＿＿＿＿ ＿＿＿＿ ＿＿＿＿ (應該被教導) to show
    respect for the elder.

6. The old man is seriously sick. He ＿＿＿＿ ＿＿＿＿ ＿＿＿＿
    (必須被送去) to the hospital right away.

7. Vegetables and fruits ＿＿＿＿ ＿＿＿＿ (種植) in the farm.

8. ＿＿＿＿ the magazine ＿＿＿＿ ＿＿＿＿ out of the library?
    (這本雜誌可以帶出圖書館嗎？)

9. English ＿＿＿＿ ＿＿＿＿ (學習) as the foreign language by many
    students in Asia.

10. What _____ a knife _____ of? (刀子是由什麼製作而成的？)

III. 根據提示，填入正確的情緒形容詞。

1. She _____ (**tire**) doing the same job every day.
2. People in Japan _____ (**shock**) the huge earthquake in March 11, 2011.
3. I _____ (**satisfy**) my performance on the speech contest.
4. The students _____ (**confuse**) what the teacher just said.
5. The viewers _____ (**touch**) the movie about a little girl and a dog.

IV. 句子改寫與引導式翻譯

1. The boy's mother **is said to** die of breast cancer.
   = _____ _____ _____ _____ the boy's mother died of breast cancer.
2. The angry customers **sent** the company a lot of complaint letters.
   = A lot of complaint letters _____ _____ _____ the company by the angry customers.
3. It is _____ _____ (據報導) there were 18 people dead in the traffic accident.
4. 大家希望這些颱風的受害者可以早日重建家園。
   _____ _____ _____ _____ the typhoon victims could rebuild their houses.
5. 據說這機器人會唱歌跳舞。

   _____

chapter 8

不定詞與動名詞

　　在第 2 章提到過：一個句子只會有一個最主要的動詞。例如：『我喜歡看電視。』中文可以在一個句子中同時使用多個動詞。但 I love watch television. 卻是錯誤的句子。正確寫法是 I love watching television. 或 I love to watch television.

　　一個句子中有兩個以上的動詞，主要的動詞之外的動詞往往會變身成 to V 或是 V-ing。to V 就是【不定詞】(Infinitive)，V-ing 即【動名詞】(Gerund)。很多時候 V-ing 與 to V 可以互通，例如：To play basketball is fun. = Playing basketball is fun. (打籃球很好玩。)。但是動作如果是要表示目的或原因時，會用 to V；而強調動作的持續性與正在進行，大多會用 V-ing。還有一些特殊動詞後面一定只能接 to V 或是 V-ing。這些概念就是本章主要學習的內容。

8-1 不定詞的特色

❶ to V 大多表示『目的、原因』
❷ 一個句子中如果有第二個動詞，變成 to V 的機率很高

8-1-1 表示「目的、原因」

　　英文的時態與人稱變化都會發生在**主動詞**。同一個句子中，如果有第二個動詞出現時，就會變身成 **to + V**，形成不定詞用法，往往有表示「目的、為了…去做…」之意。

Examples

☀ I **hope to** be a great painter. (我希望成為一個很棒的畫家。)

☀ He **wants to** make friends with you. (他想要跟你做朋友。)

☀ You **are lucky to** have so many good friends. (你**真幸運**有這麼多好朋友。)

上述的例句中，hope, like, want, are 均為句中的主動詞，劃線的部份 to be, to make, to have 則為句中的第二個動詞，都要改成 to V。

🌳 8-1-2 常與不定詞連用的動詞

肯定用法：**to + V**

agree, ask, decide, expect, hope, learn, mean, need, offer, plan, prepare, pretend, promise, refuse, try, want, would like, ...

(這些動詞不用硬背，多看多讀之後就會上手。)

否定用法：**not** + to V

Examples

* I **expect to** meet you at the concert. (我**期待**在音樂會遇到你。)
* We will **try to** save the dog. (我們會**盡力搶救**那隻狗。)
* John **promised not to** be late again. (John 保證不遲到了。)

🌳 8-1-3 不定詞相關常見句型

too + Adj. + to V 太…而不能…	* Peter is **too** young **to go** to school. (Peter 年紀太小了而不能上學。)
adj. + enough + to V 夠…足可以…	* Arnold is strong **enough to** lift the table by one hand. (Arnold 夠強壯到足可用一隻手舉起一張桌子。)
in order to V　為了… = so as to V	* **In order to** catch the bus, I got up early. = I got up early **in order to** (= so as to) catch the bus. (為了要趕上公車，我早起。) ➜ in order to 可放在句中或句首； 　 so as to 只可用在句中。
It be + Adj. + $\begin{cases} \textbf{for } 人 \\ \textbf{of } 人 \end{cases}$ **+ to V** 此句型中的 it 是虛主詞，真正的主詞是 to V，目的是為了突出重點。	* It is important (**for** us) to protect the environment. (對我們而言，保護環境很重要。) * It is stupid **of** me to make the mistake. (我犯了這個錯誤，真是愚蠢。)

for 與 of 所搭配的形容詞有所不同，如下表		
介系詞	特性	搭配形容詞
for	與【事物】相關的形容詞搭配	convenient, difficult, easy, essential, hard, important, impossible, necessary, possible, useless 等。
of	與【人格特質】相關的形容詞搭配	brave, careless, clever, cruel, foolish, generous, good kind, nice, stupid, thoughtful, wise 等。

🍃 Try it! 引導式翻譯

1. 對我而言，回答這個問題很困難。

   It ＿＿＿＿＿＿ hard ＿＿＿＿＿＿ me ＿＿＿＿＿＿ answer this question.

2. 林老師處罰 Jack，是為了讓他學到教訓。

   Mr. Lin punished Jack ＿＿＿＿＿＿ ＿＿＿＿＿＿ ＿＿＿＿＿＿ teach him a lesson.

3. 對每個人而言，保護個人隱私是很重要的。

   It is ＿＿＿＿＿＿ ＿＿＿＿＿＿ everyone ＿＿＿＿＿＿ protect personal privacy.

4. 你真仁慈願意原諒我。

   It is ＿＿＿＿＿＿ ＿＿＿＿＿＿ you ＿＿＿＿＿＿ forgive me.

8–2 不定詞的功能

當 ❶ 名詞 ❷ 形容詞 ❸ 副詞

🌳 8–2–1 當【名詞】

A. 做為主詞、受詞或補語。

Examples

✸ <u>To get up early</u> is good. (早起是好的。) ➡ to get up early 作主詞。

✸ I try <u>to stay calm</u>. (我努力保持冷靜。) ➡ to stay calm 作受詞。

❋ My aim is <u>to win the game</u>. (我的目標是贏得比賽。)

　➡ to win the game 作主詞 my aim 的補語

❋ Mr. Lin invites us <u>to have dinner with him</u>. (林先生邀請我們與他一起共進晚餐。)

　➡ to have dinner with him 作受詞 us 的補語

| **B. wh～ + to V ➡【名詞片語】(who, whom, when, where, what, how...) + to V** |

Examples

❋ I don't know **how to** <u>open the door</u>. (我不知道如何開門。)

❋ Tell me **what to** <u>do next</u>. (告訴我下一步做什麼。)

❋ I can't decide **whether to** <u>stay at home</u> **or** <u>to go out with my friends</u>.

　(我不能決定是待在家裡或是跟朋友出去。)

8-2-2 當【形容詞】➡ 修飾名詞或不定代名詞。

Examples

❋ I have to find <u>something **to eat**</u>. (我必須找點東西吃。)

　➡ to eat 修飾前面的不定代名詞 something。

❋ We have <u>two reports **to finish**</u> this week. (我們這星期有兩篇報告要完成。)

　➡ to finish 修飾前面的名詞 two reports。

8-2-3 當【副詞】➡ 可修飾動詞、形容詞、副詞。

Examples

❋ He rushed <u>to tell me an important decision</u>. (他跑來告訴我一個重要的決定。)

　➡ to tell me an important decision 修飾動詞 rushed。

❋ I am glad <u>to meet you</u>. (我很高興見到你。)

　➡ to meet you 修飾形容詞 glad。

🍃 **Try it!** 引導式翻譯。

1. 我母親總是教我做好吃的甜點。

　My mother always ＿＿＿＿＿ me ＿＿＿＿＿ ＿＿＿＿＿ delicious desserts.

2. John 不想要浪費他的時間跟金錢。

　John doesn't ＿＿＿＿＿ ＿＿＿＿＿ ＿＿＿＿＿ his time and money.

3. 擁有一個溫暖的家庭是一件很棒的事。

It _____ great _____ _____ a warm family.

4. 他們昨天何時決定去購物？

When did they _____ _____ _____ _____ yesterday?

5. Ben 上個月學習彈吉他。

Ben _____ _____ _____ the guitar last month.

8-3 動名詞的特色

❶ 動詞名詞化：動詞的外表 + 名詞的內涵
❷ 視為單數：表示「一個動作」或「一件事情」
❸ 表示動作性與持續性

8-3-1 動名詞的特色

A. 表示持續性、動作性的不可數名詞

　　『動名詞』從字義上來看有兩層意思，(1) 名詞；(2)「有動作」意味。代表單獨一件事情，視為第三人稱單數。

Examples

❋ **Reading** books **is** my favorite hobby. (閱讀書籍是我最喜歡的嗜好。)
❋ **Using** Facebook **gives** me a channel of sharing my life with friends.
　(使用臉書給我一個與朋友分享生活的管道。)
❋ **Winning** the game **makes** him very happy. (贏得比賽讓他非常開心。)
　➡ reading books/using Facebook/winning the game 視為一件事，要用單數動詞 is/gives/makes。

B. 運動與嗜好多用 V-ing 表示

　　運動或嗜好大多需要長時間養成或是長期的習慣，像 jogging、mountain-climbing、shopping、swimming 等，符合動名詞【持續性】的特色。

Examples

❋ **Swimming** helps me keep fit. (游泳幫助我保持苗條。)
❋ **Shopping** always makes many girls crazy. (購物總讓很多女生瘋狂。)

8–3–2 常見與 V-ing 連用的動詞與片語

動詞	avoid (避免) consider (認為) delay (耽誤) deny (否認) dislike (厭惡) enjoy (享受) escape (逃避) finish (完成) imagine (想像) include (包括) mind (介意) miss (錯過) practice (練習) regret (後悔) resist (抵制) risk (冒風險) suggest (建議)
片語	burst out (突然…起來) cannot help (不禁、忍不住) give up (放棄) keep (on) (繼續) put off (延遲)

8–3–3 常見接 V-ing 的句型

There is no + V-ing　不可能… = It is impossible to + V	✹ **There is no knowing** who will be the champion. = **It is impossible to know** who will be the champion. (不可能知道誰是冠軍。)
It is no use + V-ing/to V …是沒用的	✹ **It is no use crying** over the spilt milk. = **It is no use to cry** over the spilt milk. (覆水難收。)
人 + spend + 時間/金錢 + V-ing (某人) 花費…	✹ I **spent** three hours **reading** the book. (我花三小時讀這本書。) ✹ I **spent** one hundred dollars **buying** the book. (我花 100 元買這本書。)
S + have trouble/difficulty/a hard time + (in) + V-ing　…有困難 S + have fun/a good time + (in) +V-ing　…玩得愉快	✹ The student **had difficulty understanding** the lesson. (這個學生在理解課文上有困難。) ✹ The kids **had fun playing** soccer. (這些小孩足球玩得很愉快。)

 8-4 動名詞的功能

具有名詞的功能，當 ❶ 主詞 ❷ 受詞 ❸ 補語

8-4-1 當【主詞】

Examples

※ **Chatting** with a foreigner in English is cool. (用英文與外國人聊天很有趣 。)

※ **Being** friendly is important for making friends. (友善對交友而言是重要的。)

→ chatting with a foreigner in English 與 being friendly 當主詞，為一件事，要用單數動詞 is。

8-4-2 當【受詞】

Examples

※ My brother enjoys **jogging**. (我哥哥喜歡慢跑。)

※ I don't mind **going** to the theater on foot. (我不介意徒步走去戲院。)

→ jogging 與 going to the theater on foot 作動詞 enjoy 與 mind 的受詞。

8-4-3 當【補語】

Examples

※ Seeing is **believing**. (眼見為憑。)

※ My dream is **playing** basketball in the NBA. (我的夢想是進 NBA 打籃球。)

→ believing 與 playing basketball in the NBA 作 seeing 與 my dream 的補語。

8-5 特殊用字

　　有些動詞既可以接 V-ing，也可以接 to V，有些動詞加 to V 或 V-ing 之後意思截然不同。此處作一整理。

8-5-1

attempt、**begin**、**continue**、**hate**、**like**、**love**、**neglect**、**prefer**、**start** 可以接**V-ing**與 **to V**，兩者意思差別不大，可視為相同。

Examples

❋ Sam **began** working last week. (Sam 上周開始工作。)

➡ Sam **began to** work last week.

 8-5-2

forget、**regret**、**remember**、**stop** 等動詞接不定詞與動名詞後意思完全不同，考試時很容易出現，需要特別注意，請看以下表格：

特殊動詞	意義	例句
forget	❶ + V-ing：忘記已經做過 (動作已經完成)	She **forgot** turning off the light. (她忘記已經關燈了)
	❷ + to V：忘記去做… (動作尚未執行)	She **forgot to** turn off the light. (她忘記要去關燈。)
regret	❶ + V-ing：後悔做了… (動作已經完成)	Joe **regrets** telling a lie to his friend. (Joe 後悔對朋友說謊。)
	❷ + to V：遺憾要… (動作即將開始)	We **regret to** inform you that you didn't pass the exam. (我們很遺憾地通知您，您未通過測驗。)
remember	❶ + V-ing：記得做過… (動作已經完成)	I **remember** mailing the letter. (我記得把那封信寄出去了。)
	❷ + to V：記得要做…但還沒做… (動作尚未執行)	**Remember to** mail the letter. (記得要把信寄出去。)
stop	❶ + V-ing：停止做… (停止動作 A)	You should **stop** daydreaming. (你應該要停止做白日夢了。)
	❷ + to V：停下來去做… (停止動作 A，去做動作 B)	You should **stop to** buy some food on your way home. (回家途中你應該停下來買點食物。)

【後面接 V-ing 的片語】

according to + V-ing　根據…	**feel like** + V-ing　想要…
adapt oneself to + V-ing　適應…	**in addition to** + V-ing　除了…
approve of + V-ing　贊同	**look forward to** + V-ing　期待…
be/get accustomed to + V-ing **be/get used to** + V-ing　習慣於…	**object/oppose** + V-ing　反對…
be busy + V-ing　忙於…	**owing to** + V-ing　由於…
be good at + N/V-ing　擅長	**prefer** + V-ing…**to** + V-ing　比較喜歡…
be worth + N/V-ing　…值得…	**thanks to** + V-ing　多虧…
can't help + V-ing　忍不住…	**when it comes to** + V-ing　提及…

🍃 **Try it!**　以下句子請填入不定詞 to V 或動名詞 V-ing。

1. The little girl practices ＿＿＿＿＿＿ (ride) a bicycle every day.

2. Jean loves ＿＿＿＿＿＿ (watch) horror movies alone.

3. ＿＿＿＿＿＿ (Listen) to soft music is very relaxing.

4. No one can avoid ＿＿＿＿＿＿ (make) mistakes in learning.

5. Tom finished ＿＿＿＿＿＿ (paint) the wall in three hours.

6. Mary forgot ＿＿＿＿＿＿ (bring) her purse, so she couldn't buy the book.

7. No one remembered ＿＿＿＿＿＿ (buy) the tickets, so we have three more tickets now.

8. He promises ＿＿＿＿＿＿ (return) my notebook as soon as possible

9. John planned ＿＿＿＿＿＿ (hold) a surprise party for his girlfriend.

10. I really enjoy ＿＿＿＿＿＿ (read) detective novels.

$\mathcal{P}$ractice & Review

I. 選擇題

(   ) 1. _____ convenient to live in a big city.
  (A) There is   (B) We are   (C) It is   (D) Here is

(   ) 2. My parents asked me _____ late for school.
  (A) to not be   (B) not to be   (C) not be   (D) be

(   ) 3. To keep early hours _____ us healthy.
  (A) make   (B) to make   (C) making   (D) makes

(   ) 4. Ken is _____ shy _____ make a speech in public.
  (A) too, to   (B) to, too   (C) in order, to   (D) enough, to

(   ) 5. To know is one thing; _____ is another.
  (A) to do   (B) doing   (C) do   (D) to doing

(   ) 6. It is foolish _____ him to make such a mistake.
  (A) for   (B) with   (C) of   (D) in

(   ) 7. It is no use _____ about your life.
  (A) worry   (B) worrying   (C) worried   (D) to worry

(   ) 8. The book is worth _____ over and over.
  (A) reading   (B) reads   (C) read   (D) to read

(   ) 9. We could go shopping because it stopped _____.
  (A) rain   (B) to rain   (C) raining   (D) rained

(   ) 10. When it comes to _____, he is second to none in this school.
  (A) sing   (B) sings   (C) sang   (D) singing

II. 請將括號內的動詞作適當的變化。

1. We all hope _____ (see) you soon.
2. Would you mind _____ (leave) the bag here?
3. Hank admitted _____ (cheat) on the test.
4. Mr. Lin agrees not _____ (buy) a new car.
5. The teacher refused _____ (listen) to his excuse again.
6. I couldn't imagine _____ (live) alone in a small house.
7. My father tried _____ (quit) smoking.

8. Joanne never considers _____ (marry) an America.

9. Students should avoid _____ (break) the school rules.

10. Jim expects _____ (visit) his cousin in Canada this summer.

III. 改錯

_____ 1. Travel in a foreign country is cool.

_____ 2. I hate get up so early on weekend.

_____ 3. It is cruel for her to kill the dog.

_____ 4. Stop to speak ill behind people's back.

_____ 5. The residents resisted to build a power plant in their neighborhood.

IV. 依據提示合併句子。

1. { I am eighteen years old.
    { I can make decisions by myself.   (...enough to...)

_____

2. { The money is lost.
    { To cry for it is useless.   (It is no use...)

_____

3. { The dress is very small.
    { You cannot wear it.   (too...to...)

_____

4. { Peter goes swimming every day.
    { He wants to lose weight.   (...in order to...)

_____

5. { Jack saved the drowning boy.
    { He is brave.   (It is...to V)

_____

V. 改寫與翻譯

1. 和美國人說英文很困難。

Talking to Americans in English is difficult.

= _____ (To V 開頭)

= _____ (It is...)

2. 奶奶習慣 (be used to) 早起。

_____

3. 除了慢跑以外,你還要避免吃太多垃圾食物。(In addition to...)。

_____

4. 你會介意借我這些漫畫嗎?

_____

5. 要記得先把窗戶打開。

_____

三大子句與關係詞

　　【三大子句】(名詞子句、副詞子句、形容詞子句) 及關係詞一直都是考試的重點，但常常讓很多學生分不清楚。簡言之，三大子句就是份量比較大的名詞、副詞與形容詞，以子句的形式呈現。所以，**名詞子句**與一般名詞（如 the boy, the bikes）的功能一樣，可以當主詞或受詞等；**副詞子句**就相當於副詞（如 quickly, well），用來修飾動詞等詞性。**形容詞子句**（關係子句）跟單一個字的形容詞（如 good, happy）一樣，形容修飾名詞。本章的重點在於釐清這三大子句的差異。

9-1 名詞子句

形式：有 ❶ 直述句 ❷ Yes/No 問句 ❸ Wh～問句
功能：當主詞、受詞、補語與同位語

🌳 9-1-1 名詞子句是【直述句】 ➡ that + 子句

A. 當【主詞】時：

Examples

- 🌸 **That** the earth is round is true. (地球是圓的是對的。)
- 🌸 **That** Matthew is the serial killer is a shock for people around him.
  (**Matthew** 是一個連續殺人犯這件事對他身邊的人是一個很大的震撼。)

B. 當【受詞】時：

that 常被省略，有下列兩組常見用法：

❶ 搭配動詞：believe, find (out), forget, hope, know, learn, notice, remember, say, teach, tell, understand...

❷ 搭配 **be** 動詞 + **adj**：afraid, happy, proud, sad, sorry, surprised, worried...

Examples

✸ We **hope** (**that**) Luke will come back safe and sound.

(我們希望 Luke 可以安然無恙歸來。)

✸ I **am afraid** (**that**) nobody will remember Sharon's birthday.

(我很擔心沒有人會記得 Sharon 的生日。)

C. 當【補語】時：

Examples

✸ The most difficult thing is **that** I should make a decision in a minute.

(最困難的事情是我必須在一分鐘內做決定。) ➡ that 子句做 SC (主詞補語)

✸ I found **it** terrible **that** I should go back home on foot.

(我發現自己必須走路回家這件事很糟糕。) ➡ that 子句做 OC (受詞補語)

D. 當【同位詞】時：

常常與 **the fact, the idea, the news, the possibility, the reason, the truth, the way** 搭配使用。

Examples

✸ I don't like the idea **that** money is everything. (我不喜歡金錢就是一切的想法。)

✸ The truth **that** he cheated on the exam broke my heart.

(他考試作弊這個事實傷了我的心。)

🌲 9-1-2 名詞子句是【Yes/No 問句】

A. 當【主詞】時：

只能使用 **whether... (or not)**，不可用 If。

Examples

✸ **Whether** he will succeed (or not) is important to his family.

(他是否會成功對他家人而言很重要。)

✸ **Whether** you pass the exam (or not) depends on your efforts.

(你是否會通過考試取決於你的努力。)

B. 當【受詞】時：

常與 ask, doubt, know, see, try, wonder 等動詞連用，表示詢問、懷疑、好奇的語氣。

Examples

☀ I wonder **whether** Betty knows the truth (**or not**).

= I wonder **whether or not** Betty knows the truth.

= I wonder **if** Betty knows the truth (**or not**). (我好奇 Betty 是否知道真相。)

注意：I wonder **if or not** Betty knows the truth. (✕) ➡ **if** 不能與 **or not** 連用

C. 當【補語】時：

只能使用 **whether... (or not)**，不可用 **If**。

Examples

☀ The problem is **whether** we need so much money (**or not**).

(問題是我們是否需要這麼多錢。)

☀ The point is **whether** you love him (**or not**).

(重點是你是否愛他。)

9–1–3 名詞子句是【Wh～問句】➡【間接問句】

Examples

☀ Who is the girl with curly hair? I don't know that.

➡ I don't know **who** the girl with curly hair is. (我不知道那個捲髮女孩是誰。)

➡ 原問句有 be 動詞或助動詞，還原到主詞後面，變成直述句。

☀ Where does he live? Please tell me that.

➡ Please tell me **where** he lives. (請告訴我他住在哪裡。)

➡ 原問句有 do/does/did → 去掉 do/does/did，依照主詞單複數及時態作動詞的變化。

☀ Who is singing in the room? Do you know that?

➡ Do you know **who** is crying in the room? (你知道誰在房間哭嗎？)

➡ Wh～就是主詞 → 不需變化

🍃 **Try it!** 判斷以下各句是否正確，正確畫○，錯誤畫✕，並訂正之。

(   ) _____ 1. The fact which the sun rises from the east is known to everyone.

(   ) _____ 2. We believe that practice makes perfect.

(   ) _____ 3. He can speak more than 10 languages is amazing.

(   ) _____ 4. I don't know where Jerry is at home.

(   ) _____ 5. No one knows what time is it.

9-2 副詞子句

形式：具有【副詞】功能的子句，由從屬連接詞引導

功能：修飾動詞、形容詞、副詞

副詞子句是三大子句中最好分辨的一種，由【從屬連接詞】引導。從屬連接詞如同副詞子句的識別證一樣。換言之，一個句子中由從屬連接詞所引導的子句就是【副詞子句】。

Examples

* I was happy **when** I heard the news.

  = **When** I heard the news, I was happy. (當聽到那則新聞時，我很高興。)
* The Wangs moved to Japan **after** their children graduated from college.

  = **After** their children graduated from college, the Wangs moved to Japan.

  (王家在小孩大學畢業之後搬到日本。)

9-2-1 從屬連接詞

從屬連接詞說明主要子句發生的時間、地點、原因、條件、讓步、目的、方式、結果、程度等。常見的從屬連接詞如下表：

a. 時間	after, as (當…), as soon as, before, since (自從…), until, when, while 等
b. 地點	where, wherever
c. 原因	because, now that/seeing that, since, as (因為…) (既然…) 等
d. 條件	as long as (只要…), if, in case (萬一…), only if..., on condition that... (只要；以…為條件), provided (假如…), unless (除非…), whether or not... 等 ➔ 引導的副詞子句為【條件句】，表示未來可能發生的事情，動詞要用現在式
e. 讓步	although/though, even if/even though 等
f. 目的	in order that, so that (為了…) 等
g. 結果	so...that, such...that (如此…以至於…) 等
h. 對比	whereas (而…), while (然而)

Examples

* I couldn't arrive on time **because** I was stuck in the traffic jam.

  (我無法準時到達因為我困在車陣中。)

* **As long as** we try hard and never give up, we could make our dreams come true.

  (只要努力不放棄，我們就可以讓夢想成真。)

* **Where** there is a will, there is a way. (有志者事竟成。)

* **If** it rains tomorrow, they will not go camping. (如果明天下雨，他們就不會去露營。)

9-2-2 副詞子句的功能

如同副詞，可以修飾動詞、形容詞、副詞等。

Examples

* **When** it rains, I will go to work by bus. (當下雨時，我會搭公車上班。)

  ➡ When it rains 為副詞子句，用來修飾後面的動詞 go。

* We were glad **because** we had you with us. (因為你跟我們一起，我們感到很高興)

  ➡ because we had you with us 為副詞子句，用來修飾前面出現的 glad。

* He ran **so** quickly **that** I couldn't catch him. (他跑這麼快以至於我追不上他)

  ➡ that I couldn't catch him，修飾副詞 quickly。

Try it!　合併句子

1. { I can't go hiking with you next Sunday.
   I have another appointment already. (**because**)

   _____

2. { The children were tired out.
   They walked for two hours. (**after**)

   _____

3. { Lily made a lot of preparation for it.
   She didn't get the job. (**although**)

   _____

4. { Mary didn't lose a single pound.
   She had been on a diet for two months. (**even though**)

   _____

5. $\begin{cases} \text{Michelle didn't sleep well.} \\ \text{She worried about the exam. (\textbf{so})} \end{cases}$

9-3 形容詞子句

❶ 由關係代名詞 (who, which, that) 引導，也叫【關係子句】。

❷ 具有【形容詞】功能的子句，修飾名詞。

		中文	英文
1	**Adj + N**	一個可愛的女孩	a **lovely** girl
2	**N + Adj**	那個在唱歌的女孩	the girl **who is singing**

從以上兩個例子，可以發現：

1. 英文的形容詞可以是一個字或一個詞組。

2. 通常如果是**單一個字**的形容詞，放在修飾的**名詞之前**；而如果是由**多個字**構成的形容詞組，則要放在修飾的**名詞之後**。

9-3-1 重要觀念

　　【形容詞子句】又稱為「關係子句」，由關係代名詞引導，修飾前面的**先行詞**。是三大子句中最重要也最容易混淆的部分，首先釐清幾個觀念。

A. 關係代名詞：兼有「**代名詞**」和「**連接詞**」雙重作用的代名詞。

B. 先行詞：關係代名詞所代替的「**名詞**」或「**代名詞**」。又稱為「**前置詞**」，放在關係代名詞前面。先行詞和關係代名詞位置一前一後，緊密相連。

9-3-2 關係代名詞的種類

先行詞	關係代名詞		
	主格	受格	所有格
人	who	whom	whose
事物、動物	which	which	whose/of which
人、事物、動物	that	that	

> **A. 修飾先行詞為『人』的關係子句**

Examples

【主格】用 who

※ The boy is standing in front of the building. I like the boy.

= I like the boy **who** is standing in front of the building.

（我喜歡那個站在大樓前面的男孩。）

➡ the boy 在原第一句中是當主詞，因此合併兩句後關係代名詞用主格 who

【受格】用 whom

(1) 受格前若有**介系詞**可移到受格之前。(2) 受格的關係代名詞**可以省略**。

※ Do you know the girl? Miss Wang is talking to the girl.

= Do you know the girl **whom** Miss Wang is talking **to**?

➡ the girl 在原兩句中是當受詞，因此合併兩句後關係代名詞用受格 whom

= Do you know the girl **to whom** Miss Wang is talking?

➡ 原第二句動詞 talk 後面有介系詞 to，可以移到受格 whom 之前

= Do you know the girl (**that**) Miss Wang is talking to?

➡ 受格的關係代名詞可以省略

（你認識那個正在跟王小姐說話的女孩嗎？）

【所有格】用 whose

※ I met a boy. The boy's father is a police officer.

= I met a boy **whose** father is a police officer.

（我遇到一個父親是警察的男孩。）

➡ the boy's 在原第二句中是所有格，因此合併兩句後關係代名詞用所有格 whose

B. 修飾先行詞為『事物/動物』的關係子句

Examples

【主格】用 which

☀ John picked up the comic book. The comic book was on the floor.

= John picked up the comic book **which** was on the floor.

(John 撿起地面上的那本漫畫書。)

【受格】用 which (可以被省略)

☀ We are interested in it. The professor is talking about the topic.

= We are interested in the topic **(which)** the professor is talking about. (可省略 which)

(我們對於那個教授在講的話題很感興趣。)

【所有格】用 whose

☀ The dog is my pet. The dog's tail is very long.

= The dog **whose** tail is very long is my pet. (那隻尾巴很長的狗是我的寵物。)

C. 修飾先行詞為『人 + 事物/動物』的關係子句

【主格】及【受格】都用 that

☀ The woman and her cat seemed joyful.

The woman and her cat were lying on the grass.

= The woman and her cat **that** were lying on the grass seemed joyful.

(躺在草地上的那個女人和她的貓似乎很開心。)

➡ 先行詞牽涉到兩種，含人 + 事物/動物時，合併兩句後關代用 that

🍃 **Try it!**　選出最適當的選項。

(　　) 1. I have a friend _____ mother is a doctor.

　　　(A) who　　　　(B) which　　　(C) whom　　　(D) whose

(　　) 2. The man to _____ I talked is Jenny's father.

　　　(A) whom　　　(B) ✕　　　　(C) that　　　(D) who

(　　) 3. The house _____ he bought last year is very big.

　　　(A) where　　　(B) whose　　　(C) which　　　(D) it

(　　) 4. Do you see the man and the dog _____ are running to the park?

　　　(A) who　　　　(B) which　　　(C) that　　　(D) ✕

(　　) 5. The boy _____ is playing the drum is Peter.

　　　(A) which　　　(B) who　　　　(C) whom　　　(D) whose

9-4 that 的特殊用法

常態：代替 who 或 which，修飾『人』、『事物』或『動物』的先行詞

例外：有時一定用 that，有時不能用 that

9-4-1 關係代名詞【必須】用 that 的情況

A. 先行詞之前有最高級形容詞時

Examples

✤ This is **the best** present **that** I have received. (這是我收過最棒的禮物。)

✤ It is **the most expensive** restaurant **that** we have ever been to.

(那是我們去過最貴的餐廳。)

B. 先行詞之前有「序數」(the first...) 時

Examples

✤ **The first** person **that** reached the top of the mountain is Philip.

(第一個抵達山頂的人是 Philip。)

✤ This is **the second** question **that** I will ask. (這是第二個我要問的問題。)

C. 先行詞含有 all、any(thing)、every(thing)、few、little、much、no(thing)、none、some(thing)、the only、the very …等時。

Examples

✤ You have got <u>**all that**</u> you want to have. (你已經得到你想要的全部。)

✤ Lisa is **the only** person **that** knows the password. (Lisa 是唯一知道密碼的人。)

✤ He is **the very** man **that** we are looking for. (他正是我們在尋找的人。)

D. 先行詞同時有「人 + 事物/動物」時

Examples

✤ **The writer** and **her book that** I saw in the bookstore are very popular.

(我在書店看到的那個作家和他的書很受歡迎。)

E. 句首是 **Who** 或 **Which** 時

➡ 避免 who/which 重複出現造成混淆

Examples

✹ **Who** is the superstar **that** you love most? (誰是你最喜愛的超級巨星？)

✹ **Which** is the department store **that** your mother wants to go?

(哪一家百貨公司是你媽媽想去的？)

🌳 **9-4-2.** 關係代名詞【不可】用 **that** 的情況

A. 介系詞之後

Examples

✹ No one knows the man **to that** I spoke. (✕)

No one knows the man **to whom** I spoke. (〇) (沒人認識跟我說話的那個人。)

B. 逗點 (,) 之後

Examples

✹ Ms. Lin has a friend**, that** works in Taipei. (✕)

Ms. Lin has a friend**, who** works in Taipei. (〇) (林小姐有個在台北工作的朋友。)

C. 慣用語 **people who**、**those who**，「凡是…的人」之後

✹ **Those that** like to help others are happy. (✕)

Those who like to help others are happy. (〇) (凡是喜歡幫助別人的人是快樂的。)

🖊 9-5 限定用法與非限定用法

【限定用法】：關係代名詞之前『無』逗號

【非限定用法】：關係代名詞之前『有』逗號

限定與非限定用法，只要把握一個原則：當關係代名詞前面有**逗點「,」**時，那就代表前面的名詞對說話者而言是 **the only one in the world** (世界唯一、絕無僅有)。請看下頁表格的比較：

限定用法	非限定用法
所指涉的對象可能不只一個，必須特別標示限定才不會混淆，因此稱為【限定用法】。	所指涉的對象只有一個，不必特別標示限定，因此稱為【非限定用法】。
✸ I have a brother **who** lives in Taipei. (我有一個住在台北的哥哥。) ➡ 哥哥可能<u>不只</u>一個 (>=1)	✸ I have a brother, **who** lives in Taipei. (我有一個哥哥，他住在台北。) ➡ 哥哥<u>只有</u>一個 (=1) ➡ 有逗點，代表唯一的一個，作補充說明用
✸ The magazine **which** I bought is interesting. (我買的雜誌很有趣。) ➡ 我買的雜誌可能不只一本	✸ The magazine, **which** I bought, is interesting. (我買的那本雜誌很有趣。) ➡ 我買的雜誌只有一本
	✸ Jack was abducted by aliens, **which** is not true. (Jack 被外星人綁架，這件事不是真的。) ➡ **which** 指『前面所提的內容』，需加逗點以示區隔。

🍃 Try it!

I. 填入最適當的選項。

1. We have the same dress _____ were bought in the different stores.

2. God helps those _____ help themselves.

3. The man _____ you talked to is my father.

    = The man _____ _____ you talked is my father.

4. I love the painter and her paintings _____ are full of passion.

5. Every student _____ wants to pass the test should work hard.

II. 判斷以下各句中的關係代名詞是否使用正確，正確畫○，錯誤畫×，並訂正之。

1. (   ) _____ Phil Collins **who** is a famous singer is my idol.

2. (   ) _____ Banana is a fruit **which** is long and yellow.

3. (   ) _____ Who is the person **who** you trust?

4. (   ) _____ *The Mona Lisa* **which** was painted by Leonardo da Vinci is a masterpiece.

5. (   ) _____ It is the funniest movie **which** I have ever seen.

9-6 關係副詞

❶ 關係副詞：where, when, why, how
❷ 關係副詞 = 介系詞 + which
❸ 先行詞的性質決定關係副詞

A. where 表示【場所】

Examples

❉ The house is very old. Grandpa lives in the house. (爺爺所住的房子很舊。)
  = The house **which** Grandpa lives **in** is very old. ➜ 先行詞用受格 which
  = The house **in which** Grandpa lives is very old. ➜ 介系詞 in 提前與 which 連用
  = The house **where** Grandpa lives is very old. ➜ 先行詞是**地點**，in + which = where

B. when 表示【時間】

Examples

❉ The day is important. We met each other on the day. (我們相遇的那天很重要。)
  = The day **which** we met each other **on** is important. ➜ 先行詞用受格 which
  = The day **on which** we met each other is important. ➜ 介系詞 on 提前與 which 連用
  = The day **when** we met each other is important. ➜ 先行詞是**時間**，on + which = when

C. why 表示【原因】

Examples

❉ No one knows the reason. He was fired for the reason. (沒人知道他被解雇的原因。)
  = No one knows the reason **which** he was fired **for**. ➜ 先行詞用受格 which
  = No one knows the reason **for which** he was fired. ➜ 介系詞 for 提前與 which 連用
  = No one knows the reason **why** he was fired. ➜ 先行詞是**原因**，for + which = why

D. how 表示【方式】

Examples

❉ I don't like the way. He treats his friends in the way. (我不喜歡他對待朋友的方式。)
  = I don't like the way **which** he treats his friends **in**. ➜ 先行詞用受格 which

= I don't like the way **in which** he treats his friends. ➡ 介系詞 in 提前與 which 連用

= I don't like **how** he treats his friends. ➡ 先行詞是**方式**，in + which = how

---

停看聽

【關係代名詞】vs.【關係副詞】

❶ 關係代名詞 (which) **+ 不完整子句** (子句內缺主詞或受詞)

　 ✹ This is the museum **which** I visited last month. (這是我上個月參觀的博物館。)

　　 ➡ 子句 (I visited last month) 缺受詞，所以要用 which。

❷ 關係副詞 (where, when, why, how) **+ 完整子句**

　 ✹ This is the museum **where** I met Lisa last month.

　　 (這是我上個月遇到 Lisa 的博物館。)

　　 ➡ 子句已是個完整子句 (I met Lisa last month)，所以要用 where

🍃 **Try it!** 填入適當的關係副詞

1. What's the address of the hotel _____ you stayed yesterday?

2. Nobody understands the way _____ the magician escaped form the box.

3. No one can accept the reason _____ she was rejected.

4. My father forgot the date _____ he first met my mother.

5. Read the instructions (指示) carefully. It will show you the way _____ the machine works.

9-7 複合關係代名詞

9-7-1 what

❶ what = 先行詞＋關係代名詞 = **the thing(s) + which/that = all that**

❷ 當一個關係句子中【沒有】先行詞時使用。

❸ 引導名詞子句，可以作為句子的『主詞』、『受詞』與『補語』。意思為：「所…的」、「所…的東西、事」、「所…的話」

Examples

❋ Please tell me **what** (= **the things which**) you have done before.

(請告訴我你之前所做過的事。)

❋ I don't understand **what** (= **the things which**) he is talking about.

(我不瞭解他在說什麼。)

➡ 兩句都沒有先行詞，因此直接用 what

9-7-2 whoever, whomever, whosever, whichever, whatever

❶ 引導名詞子句，表『任何⋯』的意思。

whoever (主格) (= anyone who)	**Whoever** comes will be welcome. (任何人來都歡迎。)
whomever (受格) (= anyone whom)	Give the book to **whomever** you like. (把這本書給任何你喜歡的人。)
whosever (所有格) (= anyone whose)	We need **whosever** English is fluent. (我們需要任何英文流利的人。)
whichever (受格) (= anyone that)	You could choose **whichever** you like. (你喜歡哪一個就挑選哪一個。)
whatever (受格) (= anything that)	You may do **whatever** you like. (凡你喜歡做的就去做。)

❷ 引導副詞子句，有讓步的意味，表『無論⋯』的意思，**wh~ever** = **no matter wh~**。

Examples

❋ **Whatever** you say, no one will believe you.

=**No matter what** you say, no one will believe you.

(不論你說什麼，沒有人會相信你。)

❋ **Whoever** sees the thief, he/she should call the police right away.

=**No matter who** sees the thief, he/she should call the police right away.

(不論是誰看到那個賊，他/她都應該立刻打電話給警察。)

9-8 複合關係副詞 wherever、whenever、however

引導副詞子句，有讓步的意味，表示『不論、無論…』的意思，**wh～ever = no matter wh～**。

⊛ **Whenever** I see Lynn, she is always wearing a smile.

=**No matter when** I see Lynn, she is always wearing a smile.

(不論我何時看到她，Lynn 總是帶著笑容。)

⊛ **Wherever** the man goes, his dog "Lucky" always follows him.

=**No matter where** the man goes, his dog "Lucky" always follows him.

(不論這個男人去哪裡，他的狗 Lucky 總是跟著他。)

⊛ **However** Peter tried hard, he could not overcome his fear of water.

=**No matter how** Peter tried hard, he could not overcome his fear of water.

(不論 Peter 多麼努力嘗試，他就是無法克服對水的恐懼。)

𝒫ractice & Review

I. 選擇題

1. (　　) The plate _____ I bought yesterday is on the table. (選出錯誤的選項)

    (A) whom　　　(B) that　　　(C) which　　　(D) ×

2. (　　) The saddest thing is _____ we lost contacts with each other for years.

    (A) ×　　　(B) so　　　(C) after　　　(D) that

3. (　　) All _____ she just said is not true.

    (A) that　　　(B) what　　　(C) which　　　(D) who

4. (　　) I don't know the reason _____ Gary was absent.

    (A) why　　　(B) for　　　(C) that　　　(D) what

5. (　　) It is true _____ .

    (A) money isn't everything　　　(B) that money isn't everything

    (C) it isn't everything for money　　　(D) which money isn't everything

6. (　　) The prisoner tried to run away, _____ is impossible.

    (A) who　　　(B) where　　　(C) it　　　(D) which

7. (　　) I miss my cousin, _____ is a fact.

    (A) which　　　(B) that　　　(C) what　　　(D) it

8. (　　) _____ lucky you are, you can't pass the exam without efforts.

    (A) Wherever   (B) However   (C) Whenever   (D) Whatever

9. (　　) I'm sorry _____ I can't help you with the math problems.

    (A) to   (B) for   (C) when   (D) that

10. (　　) May is the best student _____ I have ever seen.

    (A) which   (B) whom   (C) that   (D) who

II. 填入適當的複合關係代名詞、複合關係副詞或連接詞。

1. What do you usually do _____ you are driving?

2. He has started writing _____ he was a little boy.

3. _____ the girl studied hard, she did not get high scores on the exam.

4. You can come here _____ you like.

5. _____ we go, we will find Coca-Cola.

III. 合併句子

1. What is his name? Do you know?

   → _____

2. How did they find out the truth? Do you have any idea?

   → _____

3. Takeshi is a big movie star. We met him at the airport last night.

   → _____

4. I often go to the beach. Many tourists like to take pictures at the beach.

   → _____

5. That is the bicycle. My brother rides the bicycle to school every day.

   → _____

IV. 翻譯 (必須含有關係代名詞)

1. 那個正在彈鋼琴的男孩是我弟弟。

   → _____

2. 我兩天前買的那支手機很貴。

   → _____

3. Sunny 有一個姊姊在醫院工作。(..., who...)

   → _____

4. 他當律師的哥哥今年二十五歲。

　→ _____

5. 那個今天早上我們在公車上遇到女生是我的女朋友。

　→ _____

V. 填充 (必要時要加入標點符號，無需填寫者打×)

1. I talked to a woman. The woman is Teresa.

　= The woman (1) _____ I talked to is Teresa.

　= The woman (2) _____ I talked is Teresa.

　= The woman (3) _____ I talked to is Teresa.

2. I met a woman _____ name is Teresa.

3. Last Sunday, I talked to Teresa _____ son is the new president of IBM.

4. Teresa is a career woman in a very competitive business _____ is not easy for a mother of two kids.

5. I don't know the reason _____ Teresa would show up at the party.

chapter 10 分詞

　　【分詞】(Participle) 有兩種：【現在分詞】與【過去分詞】，與第 8 章動名詞 (Gerund) 有所關聯，因為**現在分詞**的形式與動名詞一樣，都是 **V-ing**，但兩者僅是形式相同，在文法上扮演不同的角色。**過去分詞**，有規則 (V-ed) 與不規則變化，也就是學習者常常記憶的**動詞三態表中的 V-p.p.**，需要特別記憶。

　　分詞有兩個重要觀念：【分詞片語】與【分詞構句】，與第 9 章三大子句緊密相連，形容詞子句可以簡化成分詞片語，**副詞子句**則是分詞構句的前身。

10-1 分詞的種類

分詞有兩種：❶ **現在分詞** (Present Participle) ❷ **過去分詞** (Past Participle)

10-1-1 【現在分詞】

(1) 代表動作主動或進行中；**(2)** 形容「事或物」

Examples

* There is a dog **running** in the yard. (有一隻狗在院子裡跑。)

  ➡ 本句真正的動詞是 is，第二個動詞是 run，表示進行，所以用 running。

* I saw a man **breaking** the window of the office last night.

  (昨晚我看到一個男人打破辦公室的窗戶。)

  ➡ 本句真正的動詞是 saw，第二個動詞是 break，表示主動，所以用 breaking。

* It's **exciting** to watch the football game. (看足球賽很刺激。)

  ➡ exciting 此處做形容詞用，修飾「看足球賽」這件事。

10-1-2 【過去分詞】

(1) 代表動作被動或已完成；**(2)** 形容「人」

Examples

* The products were **made** in Thailand. (這些商品在泰國製造。)

✽ Linda found her purse **stolen** by her neighbor. (Linda 發現她的皮包被鄰居偷走。)

　➜ 本句真正的動詞是 found，第二個動詞是 steal，皮包是被人偷走，表示被動，所以用 stolen。

✽ We are **excited** to watch the football game. (我們很興奮要去看美式足球賽。)

　➜ excited 此處做形容詞用，修飾「我們」。

Try it! 　圈選出適當的分詞。

1. Jill felt (embarrassed, embarrassing) when she fell down in public.

2. It was really (amazed, amazing) to join in the dancing club.

3. The candle was (blown, blowing) out by the strong wind.

10–2 分詞的功能 (I)

作為：❶ 形容詞　❷ 主詞補語　❸ 受詞補語

10–2–1 當【形容詞】

　　英文形容詞的用法與中文有些不同，如果是『一個字』的形容詞，會放在名詞『前面』，例如：a **cute** girl (一個可愛的女孩)。而『多個字』的形容詞字串要放在名詞『後面』，例如：the girl **singing** on the stage (那個正在台上唱歌的女孩)。這部份是【分詞片語】的概念，後面有詳述。

Examples

✽ Look at the **falling** maple leaves. (看看那些掉落的楓樹葉。)

✽ Be careful of those **broken** glass on the ground. (小心那些地板上的碎玻璃片。)

其他常見的分詞當形容詞的例子：

V-ing	V-p.p.
a **walking** dictionary (活字典)	a **worn** shirt (磨損的襯衫)
working class (勞動階層)	**frozen** food (冷凍的食物)
boiling water (正在沸騰的水)	**boiled** water (開水)
developing countries (開發中的國家)	**developed** countries (已開發的國家)

停看聽

【英文形容詞的位置】

大部分形容詞用於名詞前面，或放在連綴動詞 (linking verbs) 之後。

➜ a **new** house, the **funny** monkeys, two **happy** women

☀ The house is **new**. The monkeys are **funny**. The two women look **happy**.

（連綴動詞 + Adj. → 做主詞補語）

但有一些形容詞卻有特定的位置，有兩類：

❶ 【屬性形容詞】(attributive adjective)：用於名詞之前，作為【修飾語】

☀ the **main** concern (○) The concern was **main**. (×)

☀ an **indoor** activity (○) The activity is **indoor**. (×)

❷ 【述語形容詞】(predicative adjective)：用於連綴動詞之後，作為【主語補語】

☀ She felt **glad**. (○) a **glad** woman (×)

☀ I am **afraid**. (○) an **afraid** girl (×)

10–2–2 當【主詞補語】

與不及物動詞連用，如 be 動詞、become, get, keep 等連綴動詞或 go, lie, remain 等伴隨其他狀態的動詞之後。

Examples

☀ He lay on the grass **reading** a book. (他躺在草地上看書。)

☀ All the passengers remained **seated** until the plane safely landed.

（所有乘客坐在位置上直到飛機安全著陸。）

10–2–3 當【受詞補語】

Examples

☀ I saw him **eating** my dessert. (我看到他吃我的甜點。)

➜ 受詞 him，eating 表示主動

☀ I saw my dessert **eaten** by him. (我看到我的甜點被他吃了。)

➜ 受詞 my dessert，eaten 表示被動

🍃 Try it!

1. The teacher found the windows ＿＿＿＿＿＿ (break) by his students.　He stood there ＿＿＿＿＿＿ (look) at everyone, ＿＿＿＿＿＿ (say) nothing.
2. He is **thankful** for my help.　(＿＿＿＿＿＿形容詞)
3. He is a **poor** man.　(＿＿＿＿＿＿形容詞)
4. It is a **living** puppy.　(＿＿＿＿＿＿形容詞)
5. The puppy is **alive**.　(＿＿＿＿＿＿形容詞)

10-3 分詞的功能 (II)

簡化：**1.** 對等子句　**2.** 形容詞子句　**3.** 副詞子句

簡化原則：

❶ 去掉連接詞 (and) 或關係代名詞 (who/which/that)

❷ 留下的動詞要做變化，動作主動變成 **V-ing**，被動變成 **V-p.p.**

🌳 10-3-1 簡化【對等子句】(用 **and** 連接的句子)

Examples

⁕ She waved her hand **and said** good-bye.

= She waved her hand, **saying** good-bye. (她揮手並道別。)

⁕ He stood still, **and did not know** what to do.

= He stood still, **not knowing** what to do. (他站著不動，不知道如何是好。)

🌳 10-3-2 簡化【形容詞子句】形成【分詞片語】

Examples

⁕ The man [**who is talking** to the manager] is my uncle.

　　　　(形容詞子句)

= The man [**talking** to the manager] is my uncle. (跟經理談話的那男人是我叔叔。)

　　　　(分詞片語)

➡ 形容詞子句去掉 who 之後，動詞部分剩下是 is talking，但主詞為 the man，動作表示主動 (或進行)，只需留下 **V-ing** (talking)

❋ The house [**which was built** on the hill] belongs to Daniel.
　　　　　　　　(形容詞子句)

= The house [**built** on the hill] belongs to Daniel. (建在山丘上的房子屬於 Daniel。)
　　　　　　(分詞片語)

➡ 主詞 the house 是被建造，表示被動，分詞片語時只需留下 **V-p.p** (built).

10-3-3 簡化【副詞子句】形成【分詞構句】

　　英文中是很常見連接句子的方式之一是運用**連接詞**，如 when, because, if, though, and... 等。**分詞構句**就是由副詞子句 (含有**附屬連接詞**的子句) 轉化而來的結構，用來表示**時間**、**原因**、**條件**、**讓步**及**附帶狀況**。形成分詞構句有一定的條件與方法。

條件	方法
❶ 有**連接詞**	去掉**連接詞**（有些可以保留，使語意更明確。）
❷ 副詞子句與主要子句的**主詞相同**	去掉副詞子句的**主詞**
❸ 副詞子句與主要子句的**時態一致**。	副詞子句中的動詞做變化：**主動改成 V-ing**，被動改成 **V-p.p.** (V-p.p. 之前的 Being 可省略)
❹ 否定句 / 從屬連接詞	如果是否定，**not 保留放句首**。
	從屬連接詞也可保留，使語意更明確。

根據以下句子來作為說明：

> 【原句】Because Ken was late for work, he took a taxi.
> 　　　　　　(副詞子句)　　　　　　　　　(主要子句)

分詞構句的條件		
❶ 連接詞	□無 ■有	because
❷ 前後兩句的主詞是否相同？	□無 ■有	Ken 及 he 是同一個對象
❸ 兩句的時態是否一致？	□否 ■是	前後兩句都是過去式動詞 was 及 took

分詞構句的方法	
❶ 刪除從屬連接詞 because	➡ **Because** Ken was late for work, he took a taxi.
❷ 刪除副詞子句中的主詞 Ken	➡ **Because Ken** was late for work, he took a taxi.
❸ 把副詞子句中的動詞 was 改成分詞的形式，was late 表示主動的動作，把它改成 Being 放在句首，要大寫。	➡ **Being** late for work, he took a taxi.
❹ 主詞 he 不夠明確是指誰，還原 Ken。	➡ **Being** late for work, Ken took a taxi.

【分詞構句】Being late for work, Ken took a taxi.
(副詞子句)　　　　(主要子句)

Examples

※ **Since** the villa **is built** on the top of the mountain, it is not easy to reach.
  = **(Being) Built** on the top of the mountain, **the villa** is not easy to reach.
  (因為這棟別墅建在山頂，它不容易到達。)
  ➡ 表示『原因』，V-p.p. 之前的 Being 可有可無

※ **Though** Eric **could not attend** your birthday party, he still sent you a nice birthday present.
  = **Not attending** your birthday party, **Eric** still sent you a nice birthday present.
  (雖然 Eric 不能參加你的生日派對，他仍送給你一個很棒的生日禮物。)
  ➡ 表示『讓步』，否定句 not 保留放句首，參加 (attend) 表示主動，變成 attending。

※ **When** we **were shopping** in the mall, we met our teacher.
  = **Shopping** in the mall, we met our teacher.
  (當我們在購物中心買東西時，我們遇見了老師。)
  ➡ 表示『時間』，強調動作進行，留下 V-ing (Shopping)

以上例句的從屬連接詞 (Since/Though/When) 都可以保留，使語意更明確。

停看聽

【分詞構句】vs.【獨立分詞構句】

差異：(1) 分詞構句 ➡ 前後兩句主詞相同

(2) 獨立分詞構句 ➡ 前後兩句主詞不同。

【分詞構句】

☀ <u>Because Tom walked in the rain</u>, he caught a cold. (因為走在雨中，Tom 感冒了。)

= **Walking** in the rain, **Tom** caught a cold.

➡ 前後兩句主詞『相同』，都是 Tom。

【獨立分詞構句】

☀ <u>Because the weather was bad</u>, <u>the football game</u> was canceled.

(因為天氣不好，美式足球比賽被取消了。)

= **The weather being** bad, **the football game** was canceled.

➡ 前後兩句主詞『不同』，前句是 the weather，後句是 the football game，因此兩者都要保留，去掉

連接詞 because，動詞 was 要變化成 being，表示主動。

🍃 **Try it!** 將下列句子改成分詞構句。

1. _____ (Walk) on the street, I met an old friend.

2. _____ (See) from the mountain, the town looks beautiful at night.

3. When my brother was asked if he agreed with that plan, he didn't say anything.

= When _____ _____ if he agreed with that plan, my brother didn't

say anything.

= When _____ if he agreed with that plan, my brother didn't say anything.

4. Before she went to the party, she spent two hours making herself up.

= _____ _____ to the party, she spent two hours making herself

up.

5. Because Steve ran a red light, the police officer pulled him over. (令他停靠到路邊)

= _____ _____ a red light, the police officer pulled him over.

10-4 分詞的功能 (III)

❶ 當作【獨立分詞片語】
❷ 表示【附帶狀況】

10-4-1 當作獨立分詞片語

常見片語	
Generally speaking 一般來說…	**Strictly speaking** 嚴格來說…
Frankly speaking 坦白地說…	**Roughly speaking** 大致來說…
Basically speaking 基本上來說…	**Broadly speaking** 廣泛來說…
Considering... 考慮到…	**Concerning**... 關於…
Speaking/Talking of... 說到…	**Judging from**... 由…判斷…

10-4-2 表示【附帶狀況】

$$S + V..., with + O + O.C. (V\text{-}ing/V\text{-}p.p.)$$

with 附帶含有分詞的片語，當作**受詞補語**，說明句中主詞的狀況。
此句型的**受詞補語**可以是 (1) **現在分詞 V-ing** (2) **過去分詞 V-p.p.** (3) **形容詞片語** (4) **介系詞片語**。

Examples

❋ Mary stood there **with** tears **rolling** down her cheeks.
(Mary 站在那裡，眼淚沿著臉頰流下。)

➡ 受詞補語 (O.C.) 為現在分詞 rolling

❋ The students sat on their seats **with** their eyes **closed**.
(學生們坐在座位上，閉著眼睛。)

➡ 受詞補語 (O.C.) 為過去分詞 closed

❋ Don't speak **with** your mouth **full of food**.
(嘴裡塞滿食物，別說話。)

➡ 受詞補語 (O.C.) 為形容詞片語 full of food

⊛ Grandma looked at me **with** tears **in her eyes**.

(祖母看著我，眼中泛著淚光。)

➡ 受詞補語 (O.C.) 為介系詞片語 in her eyes

🍃 **Try it!** 填入適當的分詞形式。

1. Paul left the kitchen with the water _____ (run).
2. The robber was caught by the police, with both his hands _____ (tie).
3. The baby cried loudly, with his head _____ (bleed).
4. Jane rushed out of the classroom, with her eyes _____ (shine).
5. I enjoy lying on the sofa with my eyes _____ (close).

10-4-3 【受詞補語類型】

不同動詞後面所接的**受詞補語 (O.C.)** 會有所不同，常考類型主要有四類：

A.【感官動詞】

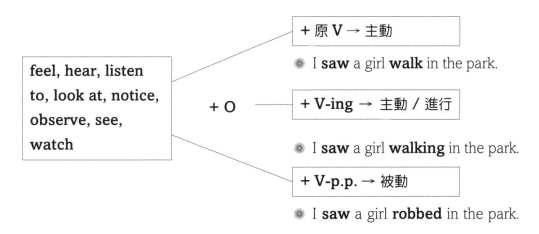

feel, hear, listen to, look at, notice, observe, see, watch	+ O	+ 原 V → 主動

⊛ I **saw** a girl **walk** in the park.

+ V-ing → 主動 / 進行

⊛ I **saw** a girl **walking** in the park.

+ V-p.p. → 被動

⊛ I **saw** a girl **robbed** in the park.

注意：感官動詞的形式如為**被動** (be + V-p.p.)，則後接 **to + V**

比較：I saw him **come**.

He was seen **to come**.

B.【使役動詞】

let have make		+ 原 V	主動	I **let/had/made** Tom **wash** my car. ➡ 受詞 Tom，洗車表主動，用原形動詞 **wash**
have make	+ O.	+ V-p.p.	被動	I **had/made** my car **washed** by Tom. ➡ 受詞 my car，車子被洗，所以用 **washed**
let		+ be + V-p.p.		I let my car **be washed** by Tom. ➡ let 後面要用 be washed

注意：使役動詞的形式如為被動 (be + p.p.)，則後接 to + V
比較：He made me **do** it. I was made <u>**to do**</u> it.

C.【ask, get, tell, want】

ask get tell want		+ to V	主動	I **got** him **to fix** my bicycle. ➡ 人修理腳踏車，表主動，用 **to fix**
want	+ O.	+ V-p.p.	被動	I **want** my bicycle **fixed** by him. ➡ 腳踏車被人修理，表被動，用 **fixed**

D.【find, keep, leave】

find keep leave		+ V-ing	主動	Somebody **left** the water **running**. ➡ 水流動，表主動，用 **running**
	+ O.	+ V-p.p.	被動	He **found** his car **stolen**. ➡ 車子被偷，表被動，用 **stolen**

🍃 **Try it!** 填入適當的受詞補語形式。

1. When did you have your house ＿＿＿＿＿＿＿ (paint)?

2. The police got the man _____ (admit) that he committed murder.
3. She makes her children _____ (do) exercise every day.
4. The government doesn't let beef _____ (import).
5. The manager let us _____ (work) extra on the weekend.

Practice & Review

I. 選擇題

1. (   ) Mr. Li stood there with a letter in his hand, _____ so lonely.

     (A) looked   (B) looking   (C) to look   (D) look

2. (   ) _____ in a hurry by a new reporter, this article had some mistakes.

     (A) To writing   (B) Write   (C) Writing   (D) Written

3. (   ) _____ along the main street, I found many beautiful houses.

     (A) Driving   (B) To drive   (C) Be driving   (D) Drove

4. (   ) Not _____ her phone number, I couldn't call the girl I met in the party.

     (A) known   (B) know   (C) knowing   (D) being known

5. (   ) _____ the door unlocked, I went in the room.

     (A) Finding   (B) Found   (C) Had found   (D) Have found

6. (   ) On my way home, I found a frog _____ by a car on the road.

     (A) to run over   (B) run over   (C) ran over   (D) running over

7. (   ) A girl must be more careful when _____ in the evening.

     (A) she walking   (B) is walking   (C) walking   (D) was walking

8. (   ) _____ which way to take, the traveler continued his journey.

     (A) Telling   (B) Having told

     (C) Having been told   (D) Have told

9. (   ) The vacation _____ over, the students came back to school.

     (A) is   (B) are   (C) was   (D) being

10. (   ) The salesperson (A) tries to make the customers (B) to buy their (C) products and help (D) increase profits (利益). (選出錯誤選項)

II. 用分詞簡化句子

1. The girl **who danced with your brother** is Karen.

   → The girl _____ with your brother is Karen.

2. The dress **which belongs to Mary** is too small.

   → The dress _____ Mary is too small.

3. The painting **which was drawn** by the famous painting is gone.

   → The painting _____ by the famous painting is gone.

4. The walls **that are painted white** look brighter.

   → The walls _____ white look brighter.

5. They were eager to know the result **and hoped to** win the first prize.

   → They were eager to know the result _____ to win the first prize.

III. 用分詞構句/分詞片語改寫句子

1. Because the novel is written in simple English, it is suitable for beginners.

   → _____.

2. When he saw the teacher, he ran away.

   → _____.

3. If the manager permits, the secretary will have a day off next week.

   → _____.

4. The teacher was watching those students. Her arms were crossed.

   → _____

5. Some guests were dancing happily. The music was playing loudly.

   → _____

IV. 填入適當的受詞補語

1. I felt myself _____ (**touch**) by the great music.

2. We felt the building _____ (**shake**) strongly in the earthquake.

3. He wanted the question _____ (**discuss**) immediately.

4. The teacher made John _____ (**take**) her book in the office.

5. We made the house _____ (**decorate**) as a lovely coffee house.

本章所提到的句子都是之前章節所提到句子 (敘述句、疑問句等) 的變化型。在固定的句式上作一些變化，讓語意表達上更多元豐富。

　　【間接問句】(Indirect Questions) 是相對於**直接問句**而言（詳見第 3 章：疑問句），例如：「他是誰？」是直接問句，而「我不知道他是誰。」當中的「他是誰」就是間接問句。

　　【附加問句】(Tag Questions) 是依附在敘述句之後的結構，無法單獨存在，中文也有這種用法，例如：「你今天心情很好，**對不對？**」「你今年剛唸高中，**是不是？**」

　　【倒裝句】(Inverted Sentences) 則是敘述句的變身，與疑問句的構成方式類似，將句子中某些元素的位置提前。

 **11-1 間接問句**

一個問句稍做變化後放入另一個句子中當受詞，稱為間接問句

【間接問句】(Indirect Question)：直接問句即疑問句，間接問句卻不是一個完整的句子，無法單獨存在，必須依附在另一個句子 (主要子句) 中，扮演**受詞**的角色。直接問句句尾的標點符號一定是問號；而間接問句後的標點符號則不一定，要視主要子句而定。請看下表比較：

直接/間接	直接問句	間接問句
中文句意	❶ 他是誰？ ❷ 你買什麼？ ❸ 誰要這本書？ ❹ 你怎麼了？ ❺ 這個女孩是我們同學嗎？	我不知道他是誰。 告訴我你買什麼。 我不知道誰要這本書。 告訴我妳怎麼了。 你認為這女孩是我們同學嗎？
Wh-問句	❶ **Who is he?**	➡ I don't know **who he is**.
	Tip be 動詞放到主詞後面	

❷ What did you buy?	➡ Tell me **what you bought.**
Tip (1) 去掉助動詞 did (2) 注意原問句時態，因為 did 是過去式，所以動詞要用 bought	
❸ Who wants the book? ❹ What happened to you? 疑問詞就是原句的主詞	➡ I don't know **who wants the book.** ➡ Tell me **what happened to you.**
Tip 不需更改，直接放入。	

Yes/No 問句	❺ Is the girl our classmate? (Yes/No 問句)	➡ Do you think **if/whether the girl is our classmate**?
	Tip (1) 加上 **if/whether (是否)**　(2) be 動詞放到主詞後面	

間接問句常搭配的句型

```
❶ Can you tell me
❷ Did anyone tell you
❸ Did you hear
❹ Do you know
❺ Do you think              +  間接問句  + ...?
❻ Have you heard
❼ I don't know
❽ Will you let me know...
```

Examples

✹ Do you think **whether/if** she **is** a true friend? (你認為她是一個真心的朋友嗎？)

✹ I don't know **who saved** the drowning kid. (我不知道誰救了那個溺水的小孩。)

✹ Have you heard **what** he **said**? (你有聽到他說什麼嗎？)

🍃 **Try it!**　用間接問句合併兩個句子。

1. Why did he go to Tainan?　I have understood.

　→ _____

2. When will we start?　We still don't know.

　→ _____

3. What are on the blackboard?　Can you see?

→ _____

4. Where does her child work?　Do you know?

→ _____

5. Is that man our new English teacher?　Can you ask Mr. Wang?

→ _____

11-2 附加問句

依附在敘述句句尾，用以徵求對方意見，意思指『是不是？』、『對不對？』、『不是嗎？』

【附加問句】(tag question) 是放在敘述句後面的小短句，以逗號與前面的敘述句隔開。用來尋求對方認同或徵求對方的意見。

11-2-1 句型

敘述句 (肯定)	,	附加問句 (否定)	?
敘述句 (否定)		附加問句 (肯定)	

11-2-2 原則

❶ 與敘述句主詞相同且為代名詞：敘述句與附加問句的主詞必須指同一對象，且附加問句的主詞一定用【代名詞】。
❷ 與敘述句邏輯相反：敘述句如果為肯定，則附加問句為否定；反之亦然。
❸ 依敘述句的動詞做變化：
ⓐ 敘述句有 **be** 動詞, 附加問句用 **be** 動詞;
ⓑ 敘述句有**助動詞**，附加問句用同一個**助動詞**;
ⓒ 敘述句有一般動詞，附加問句用**基本助動詞** (**do**, **does**, **did**)。

Examples

※ Peter **is** a lawyer, **isn't he**? (Peter 是一位律師，不是嗎？)

* Those students **go** to the library every weekend, **don't they?**
  (那些學生每個週末去圖書館,對不對?)
* You **won't** forget to attend the meeting, **will you?**
  (你不會忘記參加會議,是不是?)
* Rita **didn't** go to work yesterday, **did she?**
  (Rita 昨天沒去上班,對不對?)
* My brother was reading books when I called him, **wasn't he?**
  (我叫我弟弟時,他正在看書,不是嗎?)

  說明:敘述句中有主要子句及附屬子句時,附加問句須配合主要子句

 11–2–3 特殊的附加問句

A. 陳述句的主詞是【不定代名詞】時:

　❶ 用 **something, anything, nothing** 等表示事物者,附加問句用 **it** 做主詞。

　❷ **somebody, anybody, no one** 等表示人物者,則用 **they**。

Examples

* **Something** strange happened in the small town, **didn't it**?
  (這個小鎮發生奇怪的某件事,是不是?)
* **No one** knows the answer, **do they**? (沒有人知道答案,不是嗎?)
* **Somebody** wanted to rent the house, **didn't they**? (有人想要租這間房子,不是嗎?)

B. Let's 句型　❶ 肯定 → **shall we?** ❷ 否定 → **OK?/all right?**

　Let me/Let us/Let him 時用 **will you?** 皆表示建議,意指『好嗎?』

Examples

* Let's have fun together, **shall we?** (讓我們一起玩吧,好嗎?)
* Let's not go swimming, **all right/OK?** (我們不要去游泳,好嗎?)
* Let me buy you a drink, **will you?** (讓我請你喝一杯,好嗎?)

C. 祈使句不論肯定或否定,附加問句一律為 **will you?**,意指『好嗎?』

Examples

* Open the door, **will you?** (開門,好嗎?)
* Don't open the door, **will you?** (不要開門,好嗎?)

說明：這種用法作用與 please 一樣，可以將祈使句的命令意味轉為較禮貌性請求的效果。這兩個句子也可改成 ➡ Open the door, please. 與 Don't open the door, please.

D. 主要子句為第三人稱現在式，名詞子句的附加問句以【名詞子句】中的時態與動詞為主

Examples

✺ I think they have left, **haven't they?** (我認為他們已經離開了，不是嗎？)

✺ We believe (that) the man is innocent, **isn't he?** (我們相信這個男人是清白的，不是嗎？)

✺ I don't think Sue stole the diamond, **did she?** (我不認為 Sue 偷了鑽石，不是嗎？)

停 看 聽

【附加問句】注意事項

❶ 主詞一定要是代名詞：

以下這些主詞在附加問句時要用特定的的代名詞

John → **he**	Mary and John → **they**	this/that → **it**	these/those → **they**
V-ing/To V → **it**	there → **there**	everything → **it**	everyone → **he**

✺ **Everything** is fine, isn't **it**? (所有事情都很好，不是嗎？)

❷ 否定一律縮寫：

如 isn't, aren't, can't, don't, doesn't, didn't, won't, haven't, shouldn't；

遇到主詞為 I 時，縮寫為 **am I not/aren't I**

✺ I am going to win, **aren't I**? (我一定會贏的，不是嗎？)

❸ 有否定詞時附加問句用肯定：

few, hardly, little, never, no, nothing, seldom...

✺ Jimmy has **never** been to France, **has he**? (Jimmy 從沒去過法國，不是嗎？)

🍃 **Try it!** 用附加問句完成句子。

1. You have eaten breakfast, ＿＿＿＿＿＿ ＿＿＿＿＿＿?

2. Taking care of kids needs much patience, ＿＿＿＿＿＿ ＿＿＿＿＿＿?

3. The little girl seldom goes to the zoo, ＿＿＿＿＿＿ ＿＿＿＿＿＿?

4. There's nothing wrong, ＿＿＿＿＿＿ ＿＿＿＿＿＿?

5. Let's go shopping, _____ _____?

6. Let us go shopping, _____ _____?

7. Let us not go shopping, _____ _____?

8. You will tell him the news when he comes home, _____ _____?

9. Nothing happened last night, _____ _____?

10. I think it is going to rain this afternoon, _____ _____?

11-3 倒裝句

句子強調的訊息放在句首平衡句子結構，強調重點訊息

　　倒裝句為加強語氣之用，將某些訊息提前放置句首，**主詞與動詞/助動詞位置顛倒**。以下為常見的倒裝句種類。

🌳 11-3-1 附和句 (也是/也不)

句型：

$$S + \begin{cases} \textbf{be 動詞} \\ \textbf{助動詞} \\ \textbf{一般動詞} \end{cases} + \quad \textbf{, and so/neither/nor} \begin{cases} \textbf{be 動詞} \\ \textbf{助動詞} \\ \textbf{助動詞 (do/does/did)} \end{cases} + S$$

		Examples
肯定句	**too/so** 也是	✸ I **am** a student, and he **is** a student**, too**. = I **am** a student, and **so is he**. (我是學生，他也是。) ✸ He **can** sing, and I **can** sing**, too**. = He **can** sing, and **so can I**. (他會唱歌，我也會。) ✸ We **booked** the tickets, and they **did, too**. = We **booked** the tickets, and **so did they**. (我們訂票了，他們也訂了。)

否定句	either neither nor 也不	✹ I **am not** a student, and he is not a student, **either.** = I **am not** a student, and **neither/nor is he.** (我不是學生，他也不是。) ✹ He **can't** sing, and I can't sing, **either.** = He **can't** sing, and **neither/nor can I.** (他不會唱歌，我也不會。) ✹ We **didn't** book the tickets, and they didn't, **either.** = We **didn't** book the tickets, and **neither/nor did they.** (我們沒有訂票，他們也沒有。)

🌲 11–3–2 地方副詞的倒裝

界定**地點**或**方向**的副詞放在句首時 (如：away, back, down, here, in, out, over, round, there, up)，動詞要放到主詞前面，但**主詞是【代名詞】時除外**。

Examples

✹ The bus comes **here.**

➡ **Here** comes the bus. (公車來了。)

✹ An elephant stands **under the tree.**

➡ **Under the tree** stands an elephant. (樹下站著一隻大象。)

✹ He was **on the bridge.**

➡ **On the bridge** he was. (他在橋上。)

說明：這個句子主詞是代名詞 he，無需倒裝。

🍃 Try it! 用倒裝句完成句子。

1. Henry 會彈鋼琴。她也會。

   Henry can play the piano, and _____ _____ _____.

2. 這輛紅色的車子是新的。那輛藍色的也是。

   The red car is new. _____ _____ _____ _____

   _____.

3. Andy 沒有駕照。Linda 也沒有。

   Andy didn't have a driving license. Linda _____ _____.

   = Andy didn't have a driving license. _____ _____ _____.

4. The bird flew away. → _____

5. An old house stood on the top of the hill. → _____

6. They were in the amusement park. → _____

 11−3−3 否定副詞的倒裝

A. 否定副詞

hardly/scarcely (幾乎不), barely/few/little (幾乎沒有), never (從未、絕不)

rarely/seldom (很少)no, not..., nowhere (到處都沒有),

Examples

☀ We could **hardly** breathe.

➡ **Hardly could we** breathe. (我們幾乎不能呼吸。)

☀ He **never** goes to the church.

➡ **Never does he** go to the church. (他從來不去教堂。)

☀ I could**n't** find my cell phone **anywhere**.

➡ **Nowhere could I** find my cell phone. (我到處都找不到手機。)

說明：敘述句中 not...anywhere 改成倒裝句時變成 nowhere，本身具有否定意味。

B. 否定副詞片語

絕不、無論如何都不：**by no means** = at no time = in no case = in no way
= on no account = under no circumstances

不再：**no longer** = no more = not...anymore

Examples

☀ I will **by no means** hate you.

➡ **By no means will I** hate you. (我絕對不會恨你。)

☀ You must **under no circumstances** enter that garden.

➡ **Under no circumstances must you** enter that garden.

(你無論如何都不可進入那花園。)

☀ He **no longer** works for the company.

➡ **No longer does he** work for the company. (他將不再為那間公司工作。)

說明：敘述句中是一般動詞 work，改成倒裝句需要助動詞 does。

C. 否定句型

No sooner...than... = Hardly...when... = Scarcely... when 一⋯就⋯

Not until 直到⋯才⋯

Examples

❋ We do**n't** know its value **until** we lose health.

➔ **Not until** we lose health do we know its value.

(直到失去健康我們才知道其重要性。)

❋ **As soon as** we had arrived at the airport, it rained.

➔ **No sooner had** we arrived at the airport **than** it rained.

➔ **Hardly had** we arrived at the airport **when** it rained.

➔ **Scarcely had** we arrived at the airport **when** it rained.

(我們一到機場，就開始下雨。)

說明：先發生的用過去完成式 (had arrived at the airport)，後發生的用過去式 (rained)。

D. Only 句型

Only + adv 片語 /adv 子句 + 動詞/助動詞＋ S

Examples

❋ He will tell you the truth **only** when he is ready.

➔ **Only** when he is ready **will he** tell you the truth.

(只有當他準備好時，才會告訴你事實。)

❋ We appreciate freedom **only** when we lose it.

➔ **Only** when we lose freedom **do we** appreciate it.

(只有失去自由時我們才會珍惜它。)

🍃 **Try it!** 用否定副詞或 Only 完成倒裝句。

1. Ben is never late for school.

　➞ _____

2. We can hardly believe it.

　➞ _____

3. Helen didn't know she was adopted (領養) until she was eighteen.

　➞ _____

4. You can solve the problem only in this way.

→ _____

5. The lady will smile at others only when she is praised.

→ _____

𝒫ractice & Review

I. 選擇題

(A) 間接問句

1. (　　) Who can tell me _____ the show will begin?

(A) how　　　　(B) what　　　　(C) where　　　　(D) when

2. (　　) Nobody knows _____ Peter didn't go to school yesterday.

(A) why　　　　(B) what　　　　(C) how　　　　(D) where

3. (　　) I wonder _____ he will come to the meeting on time.

(A) what　　　　(B) whether　　　　(C) how　　　　(D) when

4. (　　) Mrs. White wants to talk to Jeff, but she doesn't know _____.

(A) what is his address　　　　(B) where is his house

(C) what his number is　　　　(D) how can she have the number

5. (　　) My teacher wanted to know why _____ for school this morning.

(A) were we late　　　　(B) we weren't late

(C) we do not late　　　　(D) we were late

(B) 附加問句

1. (　　) She doesn't like to eat bananas, _____?

(A) doesn't she　　(B) does she　　(C) do it　　　(D) does it

2. (　　) Leon has to prepare for the desserts, _____ he?

(A) has　　　　(B) won't　　　　(C) didn't　　　(D) doesn't

3. (　　) You have been to Los Angeles before, _____ you?

(A) don't　　　(B) do　　　　(C) have　　　(D) haven't

4. (　　) Open the window, _____?

(A) will you　　(B) can't you　　(C) aren't you　　(D) don't you

5. (　　　) Let's go swimming, _____?

    (A) all right   (B) shall we   (C) will you   (D) won't you

(C) 倒裝句

1. (　　　) Kite had been working hard and _____.

    (A) so had Mary   (B) so Mary had   (C) so Mary has   (D) so did Mary

2. (　　　) Mary doesn't like math, _____. (選出一個錯誤的選項)

    (A) and George doesn't, either   (B) and so does George

    (C) and neither does George   (D) and nor does George

3. (　　　) Only when one loses his love _____ start to regret.

    (A) is he   (B) will he   (C) he will   (D) he does

4. (　　　) Not until thirty-fire _____.

    (A) did she marry   (B) she marry   (C) she married   (D) she did marry

5. (　　　) Little _____ money to live on.

    (A) he does have   (B) he has   (C) does he have   (D) does have he

II. 填充題

1. There is nothing in the box, _____ _____?

2. Let's not speak ill of others, _____ _____? (或 _____?)

3. Let me show my new glasses, _____ _____?

4. Come to the theater with me tonight, _____ _____?

5. He knows little about the modern art, _____ _____?

6. You'd better make an apology for him, _____ _____?

7. I think Kenneth will keep his promise, _____ _____?

8. They are at the bottom of the river.

    = At the bottom of the river _____ _____.

III. 句子改寫

1. We have never seen such a beautiful painting before.

    → Never _____

2. We had few opportunities to choose whatever we liked.

    → Few _____

3. Most people rarely spend some time thinking about what they want.

    → Rarely _____

4. The man didn't know the truth until his wife died.

    → Not until _____

5. When was the computer stolen? The owner had no idea.

    → _____

6. Which book did you buy yesterday?

    → May I know _____

7. Is there a post office in this neighborhood? Could you tell me?

    → _____

8. What are they complaining about? I can't understand.

    → _____

本書前 11 章的句子大多都是取材於現實，大多符合真實情況。本章列於本書最後，是因為此處所出現的句子都具有【與現實不符】的特性。中文要做這種表達很簡單，只要加上「**假如**」、「**假設**」、「**真希望**」、「**但願**」、「**彷彿**」等字眼；但英文中，我們必須用一些特殊的句型，在句子的**動詞**上面做一些變化， 才能表達出與現實相反的意涵 。 這種特殊的表達方式叫做【**假設語氣**】(Subjunctive Mood)。

假設語氣是英文文法中很重要的一個單元，很多大小考試也都會看到它的蹤影。看似有點複雜的結構，其實只要把握住幾個基本的原則與要素，即使變化多端，依然可以輕鬆掌握。

12-1 假設語氣的使用時機

❶ 表達「事實」的假設

$$\boxed{\text{If} + \text{S} + \text{V}} \text{，} \boxed{\text{S} + \text{Aux} + \text{V}}$$

❷ 表達「與事實不符」的假定、想像、願望。

生活當中常常會出現這樣的句子：「如果我有小叮噹的任意門，我就可以隨心所欲環遊世界了！」、「如果我有翅膀，我就可以像小鳥一樣在天空中飛翔。」、「如果早知道會這樣，我那時就不會這麼做了！」…這些都是我們生活中常常出現的一些白日夢與幻想。

請比較下列三個句子：

* I **have** a lovely cat. (我有一隻可愛的貓。)
* I **had** a lovely cat. (我以前有一隻可愛的貓。)
* I **wish** I had a lovely cat. (我**希望**可以有一隻可愛的貓。)

前兩句是對事實作陳述，只是動詞時態不同，第 1 句是現在式 (has/have)，第 2 句是過去式 (had)。但第 3 句就是所謂的「與現在事實相反」假設語氣，I wish 是假設語氣常見的句型，關鍵之處是後面的動詞 have 變成過去式 had。

「如果…」，「但願…」，「真希望…」，「彷彿…」等都是很明顯的假設語氣用字，我們可以根據這些關鍵字眼來判斷說話者的本意，並使用對應的英文假設語氣句型。

12-2 假設語氣的種類

【與現在事實相反】
【與過去事實相反】的假設語氣
【與未來事實相反】

12-2-1 與「現在事實」相反的假設語氣

If + S + were / V-ed	,	S + would/could/might/should + 原 V

(從屬子句)　　　　　　　　　　　　　（主要子句）

Examples

* If we **had** enough money, we **would** travel around the world.

   (假如我們有足夠的錢，我們就會去環遊世界。)

* If he **were** rich, he **could** buy his own house.

   (假如他很富有，他就能買屬於自己的房子。)

* If you **were** a bird, you **would** fly free.

   (假如你是一隻鳥，你就可以自由飛翔。)

   ➡ 以上句子都是表達願望，事實上都不存在。

12-2-2 與「過去事實」相反的假設語氣

If + S + had V-p.p.	S + would/could/might/should + have + V-p.p.

(從屬子句)　　　　　　　　　　　　　（主要子句）

Examples

* If we **had had** enough money last year, we **might** have traveled around the world.

   (假如去年我們有足夠的錢，我們可能就會去環遊世界了。)

* If he **had been** rich, he **could** have bought his own house.

   (假如他那時很富有，他就能買自己的房子了。)

* If he **had studied** hard, he **would** have won the scholarship.

   (假如他當時用功，就已經得了獎學金。)

   ➡ 以上句子都是對過去的回顧，事實上都沒有實現過。

12-2-3 與「未來事實」相反的假設語氣

這種假設語氣比較少用，大多指不可能發生的事情。依語氣強烈程度分成兩種：

A.【絕不可能的假設】

> **If + S + were to V** ，　**S + would/could/might/should + 原 V**
> 　　(從屬子句)　　　　　　　　　　　(主要子句)

Examples

◉ If the sun **were to rise** in the west, I **would** change my mind.

(假如太陽從西邊出來，我會改變我的心意。)

◉ If I **were to choose** my job again, I **would** be a director like Ang Lee.

(假如我可以再選一次我的工作，我要成為李安一樣的導演。)

B.【可能性極小的假設】：對未來某事抱持高度懷疑或擔心某事會發生，表未來「萬一」會發生的情況。常用於英式口語中，美語則常用 If+ 條件子句來表達。(If + 條件子句請參考本章 12-2-3 停看聽)

> **If + S + should V** ，　❶ S + would(will)/could(can)/might(may)/should(shall) + 原 V
> 　　(從屬子句)　　　　　❷ 祈使句
> 　　　　　　　　　　　　　　　(主要子句)

Examples

◉ If he **should not pass** the interview, he **would** try again.

(萬一沒有通過面試，他會再試一次。)

◉ If it **should rain** tomorrow, **don't go to the beach**.

(萬一明天下雨，墾丁之行會取消。)

✎ 停看聽 ❁❁❁❁❁❁❁❁❁❁❁❁❁❁❁❁❁❁❁

【If 的用法】

If 可以用在【條件子句】與【假設語氣】，意思分別為『如果、假如…』。兩者容易混淆，分辨訣竅如下：

❶ If 子句 (從屬子句) 動詞若是『**現在式**』，就是 條件子句 。

❷ If 子句 (從屬子句) 動詞若是『**V-ed/had Vp.p.**』，就是 假設語氣 ，主要子句一定有 **would, could, might, should** 四者之一。

比較下面兩句：

✸ If you **take off** your jacket, you **will** catch a cold. (假如你脫掉夾克的話，你會感冒。)

   ➡ If 句中動詞是現在式 take off，此句為條件子句用法。

✸ If Ethan **had** more time, he **would** make a better plan.

   (假如 Ethan 有更多時間，他就能做一個更好的計畫。)

   ➡ If 句中動詞是過去式 had，且主要子句中出現 would，此句為假設語氣用法。

🍃 **Try it!** 引導式翻譯：根據語意填入適當的假設語氣用法。

1. 假如我是經理，我會僱用這個年輕人。

  If I ＿＿＿＿＿ the manager, I ＿＿＿＿＿ ＿＿＿＿＿ the young man.

2. 假如那時他有足夠的耐心，他可能會跟你去的。

  If he ＿＿＿＿＿ ＿＿＿＿＿ enough patience at that time, he ＿＿＿＿＿ ＿＿＿＿＿ ＿＿＿＿＿ with you.

3. 假如我昨天早點起床，我就能趕上公車。

  If I ＿＿＿＿＿ ＿＿＿＿＿ up earlier yesterday, I ＿＿＿＿＿ ＿＿＿＿＿ ＿＿＿＿＿ the bus.

4. 假如明天太陽從西邊升起，小賈斯汀就會娶妳。

  If the sun ＿＿＿＿＿ ＿＿＿＿＿ rise in the west tomorrow, Justine Bieber ＿＿＿＿＿ ＿＿＿＿＿ you.

5. 如果明天下雨，棒球比賽會延期。

  If it ＿＿＿＿＿ tomorrow, the baseball game ＿＿＿＿＿ be postponed.

12-3 省略 If 的假設語氣

If 有時候可以被省略，從屬子句的助動詞或當主動詞用的 **were, had** 要移到主詞之前，形成【倒裝用法】。

| If + S + Aux + V | , | S + Aux + V |

➡ | Aux + S + V
Were/Had+S | , | S + Aux + V |

Examples

◉ **If I were** younger, I could find a better job.

→ **Were I** younger, I could find a better job.

(假如我年輕一點，我就能找到一個更好的工作。)

→ 刪除 If 之後，原句中的主詞 I 與動詞 were 顛倒，形成倒裝句。

◉ **If I had been** to Paris, I would have visited the Eiffel Tower.

→ **Had I been** to Paris, I would have visited the Eiffel Tower.

(假如我當時有去巴黎，我就會去參觀艾菲爾鐵塔。)

→ 刪除 If 之後，原句中的主詞 I 與助動詞 had 顛倒，形成倒裝句。

◉ **If it should** rain tomorrow, we would not go to the wedding.

→ **Should it** rain tomorrow, we would not go to the wedding.

(萬一明天下雨，我們就不去參加婚禮了。)

→ 刪除 If 之後，原句中的主詞 it 與助動詞 should 顛倒，形成倒裝句。

🍃 **Try it!** 改寫句子：省略 If 的假設語氣。

1. If we had more rooms, we would invite you to live with us.

= _____ _____ more rooms, we would invite you to live with us.

2. If I were you, I would tell the truth.

= _____ _____ you, I would tell the truth.

3. If he had had enough money, he would have bought the car.

= _____ _____ _____ enough money, he would have bought the car.

4. If Lisa should not meet the teacher, she would come again.

= _____ _____ not meet the teacher, she would come again.

5. If you had worked hard three years ago, you might have passed the exam.

= _____ _____ _____ hard three years ago, you might have passed the exam.

12-4 假設語氣的其他形式

❶ I wish... : 但願、真希望⋯

❷ as if... : 好像⋯

❸ **But for...**：若非、要不是…

❹ **It is <u>about</u>/<u>high</u> time (that)...**：

該是…的時候了

🌲 **12–4–1 wish...**：表示「但願、真希望、要是…就好了」的假設語氣

基本句型如下：

【現在】不能實現的願望：I **wish** + (that) + S + **were / V-ed**
【過去】未能實現的願望：I **wish** + (that) + S + **had + V-p.p.**
如果主詞是 I，**I wish = If only**

Examples

🌑 I wish (= If only) I **were** younger. (但願我年輕一點。)

🌑 We wish we **knew** how to face the challenge. (但願我們知道如何面對挑戰。)

🌑 Doris wished she **had been** to New York last summer.

(Doris **真希望**她去年夏天有去紐約。)

🌲 **12–4–2 ...as if...**：表示「好像」的假設語氣

基本句型如下：

與【現在】事實相反：S + V + **as if** + S + **were / V-ed**
與【過去】事實相反：S + V-ed + **as if** + S + **had + V-p.p.**
as if = as though

Examples

🌑 The girl **walks as if** she **were** a princess. (這女生走路的樣子好像她是個公主。)

➜ 第一個動詞 walks 是現在式，代表是與現在事實相反的假設語氣，所以 as if 後面用過去式 were

🌑 Matthew **talked as if** he **had seen** an alien. (Matthew 說得好像見過外星人似的。)

➜ 第一個動詞 talked 是過去式，代表是與過去事實相反的假設語氣，所以 as if 後面動詞用過去完成式 had seen

12–4–3 But for...：表示「若非…、要不是…」的假設語氣

基本句型如下：

與【現在】事實相反：		
But for = Without = If it were not for + N = Were it not for	, S	could should + 原 V would might
與【過去】事實相反：		
But for = Without = If it had not been for + N = Had it not been for	, S	could should + have + V-p.p. would might

Examples

◉ **But for** your help, Kevin might get into trouble.

= **Without** your help, Kevin might get into trouble.

= **If it were not for** your help, Kevin might get into trouble.

= **Were it not for** your help, Kevin might get into trouble. ➡ 此句為刪除 If 的倒裝句

(要不是有你的幫忙，Kevin 可能會惹上麻煩。)

12–4–4 It is about/high time (that)...：表示「該是…的時候了」

這個句型不算是假設語氣，但因為用法與假設語氣類似，因而一併討論之。

基本句型如下：

It is about/high time that + S + V-ed... = It is about/high time that + S + should + 原 V... = It is about/high time for 人 to + 原 V...

Examples

◉ **It is about/high time** (that) we **worked** hard.

= **It is about/high time** (that) we **should** work hard.

= **It is about/high time** for us **to work** hard. (該是我們努力工作的時候了。)

🍃 **Try it!** 填入適當的假設語氣用法。

1. I wish that today _____ (be) Sunday.

2. I wish that I _____ _____ (take) my vacation in America last year.

3. The child talks as if he _____ (be) an adult.

4. It is high time we _____ (go) home.

5. Willy talked as if he _____ _____ (be) to Brazil before.

6. Without the typhoon, we would have visited the museum.

   = _____ the typhoon, we would have visited the museum.

   = _____ the typhoon, we would have visited the museum.

   = _____ the typhoon, we would have visited the museum.

𝒫ractice & Review

I. 選擇題

1. (　　) If I _____ you, I would tell her the truth.
   (A) will be　　　(B) was　　　(C) were　　　(D) am

2. (　　) If I _____ much money last year, I could have bought an apartment in Taipei city.
   (A) had　　　(B) had had　　　(C) were　　　(D) had been

3. (　　) If I _____ there, I _____ harder.
   (A) were; would have worked　　　(B) were; would work
   (C) had been; would have worked　　(D) had been; would work

4. (　　) If you lie to your parents, you _____ punished.
   (A) will be　　　(B) are　　　(C) were　　　(D) had been

5. (　　) If Peter _____ the manager, he would _____ the lazy employees.
   (A) were; fire　　　　　　　　(B) was; have fired
   (C) is; fire　　　　　　　　　(D) were; have fired

6. (　　) If he _____ to the office later, please give him the envelope.
   (A) will come　　(B) comes　　(C) had come　　(D) were

7. (   ) If President Obama _____ here tomorrow, I would give you one million dollars.

    (A) had come   (B) should come   (C) were to come (D) would come

8. (   ) If Vanessa _____ the truth to the police yesterday, she _____ so guilty.

    (A) told; won't feel   (B) had told; wouldn't have felt

    (C) had told; hadn't felt   (D) told; won't feel

9. (   ) _____ he had enough time, he would have solved this problem.

    (A) If   (B) Should   (C) Were   (D) Had

10. (   ) I wish that I _____ to England with my husband this summer vacation.

    (A) could go   (B) can go   (C) have to go   (D) will go

11. (   ) I wished that it _____ so hard yesterday evening.

    (A) hasn't rained   (B) hadn't rained   (C) didn't rain   (D) wasn't raining

12. (   ) If only _____ .

    (A) Helen will return soon   (B) I am a Spider Man

    (C) I was taller   (D) I hadn't said it

13. (   ) The boy looked pale as though he _____ a ghost last night.

    (A) was seen   (B) had had   (C) had seen   (D) saw

14. (   ) It is time he _____ the house.

    (A) to clean   (B) clean   (C) cleans   (D) should clean

15. (   ) I would not break my promise if the sun _____ in the west.

    (A) were to rise   (B) could rise   (C) have risen   (D) rises

16. (   ) _____ it rained last night, the ground would be wet now.

    (A) Should   (B) Were   (C) If   (D) Had

17. (   ) It is high time I _____ my homework.

    (A) do   (B) did   (C) would do   (D) done

18. (   ) _____ rain, the plants might wither. (選出一錯誤者)

    (A) But for   (B) Without

    (C) Were it not for   (D) If it had not been for

19. (   ) What would you do if you _____ fail on the exam?

    (A) should   (B) will   (C) would   (D) do

20. (   ) Had you told him what happened to you honestly, _____ .

    (A) he might have given you some useful suggestions

    (B) he came to you as soon as possible

(C) he might help you solve the problem

(D) he had made many plans for you

II. 引導式翻譯

1. 但願我是超人。

   I wish I _____ a superman.

2. 但願我能說流利的英文。

   If only I _____ _____ English fluently.

3. 真希望我國中時有好好用功。

   I wish that I _____ _____ hard in my junior high school.

4. 萬一這個隊伍失敗，他們會再做一次。

   If the team _____ _____, they _____ _____ it again.

5. 如果這個小男生一直發出噪音，他媽媽會生氣。

   If the little boy _____ _____ _____, his mother _____ _____ angry.

III. 用假設語氣改寫句子

1. It rained last weekend. My family couldn't go camping at the beach.

   → If _____

2. Edison didn't understand this question. He couldn't answer it.

   → If _____

3. I don't have a long vacation. I will not go to Australia this summer.

   → If _____

4. The old man doesn't have a child or a pet. He may feel very lonely.

   → If _____

5. I don't win the lottery. I cannot afford a fancy car.

   → If _____

IV. 翻譯題

1. 我希望我是個科學家。

   _____

2. 如果上個月雨下很多，我們就會有足夠的水了。

_____

3. 萬一你開車時打瞌睡，那是很危險的。

_____

4. 如果學生沒有那麼多考試，他們可能會更快樂。

_____

5. 這個病人說話的樣子好像他是個醫生似的。

_____

Keys 參考解答

Chapter 1 觀念入門

Try It!

1.	My classmates and I visited our teacher yesterday.
2.	The girl has three skirts and two dresses.
3.	The football game was very exciting.
4.	Peter goes to school by bus every weekday.
5.	My mom bought some fresh apples in the supermarket

Practice & Review

I.

1	副詞	angrily, heavily, always, coldly
2	名詞	New York, teacher, happiness, computer, sky, bird, Bill Gates
3	動詞	is/are, walk, become, move, win,
4	形容詞	strong, beautiful, soft, happy, wonderful
5	代名詞	we, yourself, he, her
6	連接詞	because, whether, although, but
7	感嘆詞	oh, ah, alas
8	介系詞	from, among, with, under

II.

1. 副詞　2. 介系詞　3. 名詞　4. 代名詞　5. 動詞

III.

1	the United States, the windows of the room
2	is interested in, make fun of
3	one another, each other
4	with glasses, dressed in black

5	in surprise, with excitement
6	next to, in need of
7	as if, even if
8	my god

IV.

1.	Birds fly high. S P
2.	The cat runs after the rat. S P
3.	The snow fell. S P
4.	The snow fell slowly to the ground. S P
5.	The author who wrote the book died in 2003. S P

V.

1. S　2. C　3. S　4. C　5. C
6. S　7. S　8. C　9. S.　10. C

Chapter 2 五大句型

Try It! 2-2-2

1.	(1) S + 連綴動詞 + SC　(2) S + Vi (+ adv)
2.	(1) S + 連綴動詞 + SC　(2) S + Vi (+ adv.)
3.	(1) S + Vi (+ adv.)　(2) S + 連綴動詞 + SC

Try It! 2-2-3

1.	money 名詞	4.	Mary 名詞
2.	where to go 名詞片語	5.	to go dancing 不定詞片語 (to V)
3.	that the book is good 名詞子句	6.	talking to people 動名詞

Try It! 2-2-4

1.	Kevin gave a bag to me.
2.	Sue bought me a book.
3.	He asked a question of me.
4	(1) I wrote a letter to one of my friends in the United States.
	(2) I wrote one of my friends in the United States a letter.

Try It! 2-2-5

1. class leader   2. empty   3. a good man   4. stolen
5. shaking

Practice & Review

I.

1. S + V + O   2. S + V + O   3. S + V
4. S + V + C   5. S + V + C

II.

1. **D**   2. **D**   3. **A**   4. **B**   5. **A**

III.

1. **D**   2. **C**   3. **B**   4. **A**   5. **C**

IV.

1. to   2. for   3. for   4. of   5. to

V.

1.	My girlfriend writes a letter to me every week.
2.	She lent her friends some comic books.
3.	The bad boys played the old man a mean trick.
4	Mr. Huang offered a new job to William.
5.	The kind lady brought those hungry kids some apples.

Chapter 3 句子的種類

Try It! 3-1

1. 特殊疑問句   2. 感嘆句   3. 敘述句
4. 選擇疑問句   5. 祈使句/命令句   6. 附加問句
7. 敘述句   8. 一般疑問句/Yes-No 問句

Try It! 3-2

1. 複句   2. 複合句   3. 單句   4. 合句   5. 複句
6. 單句   7. 合句   8. 複合句

Practice & Review

I.

1. **C**   2. **D**   3. **D**   4. **B**   5. **A**

II.

1. Whose   2. Which   3. What   4. Why   5. How

III.

1.	What a
2.	How cool
3.	(1) a tall house it is (2) tall a house it is
4.	I have three brothers.
5.	There are seven days in a week.

Chapter 4 主詞動詞一致性

Try It! 4-1

1. **C**   2. **A**   3. **D**   4. **A**   5. **C**   6. **B**   7. **D**   8. **A**

Try It! 4-2

1. **B**   2. **D**   3. **A**   4. **C**   5. **D**   6. **B**   7. **B**   8. **D**

Try It! 4-3

1. has   2. am   3. is   4. am   5. knows

Practice & Review

I.

1. **A** 2. **B** 3. **A** 4. **A, A** 5. **A** 6. **B** 7. **A** 8. **B**

II.

1. makes 2. is 3. depends 4. is 5. needs

III.

1. **D** 2. **A** 3. **C** 4. **A** 5. **C**
6. **A** 7. **D** 8. **C** 9. **C** 10. **B**

IV.

1. My family are   2. Wasting time is wasting life
3. The number of, is   4. A number of, are
5. hundreds of, have   6. a painter and musician.
7. as well as, is   8. Neither, nor, am

Chapter 5 動詞時態

Try It! 5-4-1

1. reads   2. are   3. is

Try It! 5-4-2

1. am, was
2. used to write, used to writing
3. played, last Sunday

Try It! 5-4-3

1. will go   2. is going to   3. is **about/going** to

Try It! 5-4-4

1. is singing   2. is doing   3. are starting

Try It! 5-4-5

1. was reading   2. was playing basketball
3. was watching TV

Try It! 5-4-7

1. **A**   2. **B**   3. **B**   4. **A**   5. **C**

Try It! 5-4-8

1. said, had learned   2. was, had **began/started**
3. had, done/finished

Try It! 5-4-9

1. will have forgotten   2. will have known
3. will have rained

Try It! 5-4-12

1. have been working   2. had been waiting for
3. will have been singing

Practice & Review

I.

1. **D**   2. **B**   3. **A**   4. **C**   5. **B**
6. **A**   7. **D**   8. **B**   9. **D**   10. **A**

II.

1. do → does   2. is → are   3. climbs → climbing
4. need → needs   5. watching → watches

III.

1. have, has   2. go   3. does   4. will visit
5. swept   6. became, has worked/has been working
7. travels   8. washed   9. play   10. comes
11. has lived, living   12. went
13. **is going to/will** buy   14. watches
15. had taught, moved

IV.

1. eat   2. ate   3. will eat   4. am eating
5. was eating   6. will be eating   7. have eaten
8. had eaten   9. have been eating
10. had been eating

Chapter 6 助動詞

Try It! 6-2

1. Do, do 2. hasn't 3. is 4. do 5. doesn't

Try It! 6-3-2

I.

1. May, can 2. can 或 could 3. Could

II.

1. cannot, be able to

2. couldn't help but laugh, couldn't help laughing

Try It! 6-3-3

1. have to 2. must 3. have to 4. must

5. must

Try It! 6-3-5

1. Should 2. Would 3. Will

4. shouldn't, would/will 5. shall/should

6. wouldn't

Try It! 6-3-7

1. **C** 2. **A** 3. **B** 4. **D** 5. **A** 6. **B** 7. **D**

Practice & Review

I.

1. **C** 2. **A** 3. **C** 4. **B** 5. **A** 6. **B** 7. **D** 8. **B**

9. **D** 10. **C**

II.

1. Do you could → Could you

2. must to use → must use

3. not should → should not

4. do → does

5. The dog is able to run very fast.

　或 The dog can run very fast.

6. have to → has to

7. may should → He should hand his paper on time.

8. had not better → had better not

III.

1. have to 2. is able to 3. prefers/preferred, to

4. were, able 5. ought to

IV.

1. **I** 2. **D** 3. **F** 4. **A** 5. **J** 6. **B** 7. **E** 8. **G**

9. **C** 10. **H**

Chapter 7 被動語態

Try It! 7-1

1. Two interesting short stories were written by Sunny.

2. The beautiful picture is painted by the young artist.

3. The windows were broken by the naughty boy yesterday evening.

Try It! 7-2

1. boring 2. interesting 3. tiring 4. worried

5. embarrassed

Try It! 7-3-3

I.

1. **C** 2. **D** 3. **B** 4. **C** 5. **A**

Try It! 7-3-8

1. are being examined 2. was being cleaned

3. is being cut 4. **B** 5. **A** 6. **D**

Try It! 7-4

1. The robber was seen to jump out of the window by the little boy yesterday.

2. Tim would not be taken to Greek by the family.

3. This locker will not be used by anyone.

4. broke out

5. were looked after

Practice & Review

I.

1. **B**   2. **D**   3. **C**   4. **C**   5. **A**   6. **B**   7. **B**   8. **D**
9. **D**   10. **A**

II.

1. will be sung   2. have been sold out
3. was sent to   4. has been returned
5. should be taught   6. must be sent   7. are planted
8. Can, be taken   9. is learned   10. is, made

III.

1. is tired of   2. were shocked by
3. **was/am** satisfied with   4. were confused about
5. were touched by

IV.

1. It is said that   2. were sent to
3. reported that   4. It is hoped that
5. It is said that the robot **can/could** sing and dance.
   或 The robot is said to be able to sing and dance.

Chapter 8 不定詞與動名詞

Try It! 8–1

1. is, for, to   2. in order to/so as to
3. important for, to   4. kind of, to

Try It! 8–2

1. teaches, to make   2. want to waste
3. is, to have   4. decide to go shopping
5. learned to play

Try It! 8–5

1. riding   2. watching/to watch
3. Listening/To listen   4. making   5. painting
6. to bring   7. buying   8. to return   9. to hold
10. reading

Practice & Review

I.

1. **C**   2. **B**   3. **D**   4. **A**   5. **A**   6. **C**   7. **B**   8. **A**
9. **C**   10. **D**

II.

1. to see   2. leaving   3. cheating   4. to buy
5. to listen   6. living   7. to quit   8. marrying
9. breaking   10. to visit

III.

1. Travel → Traveling/To travel
2. get → getting/to get   3. for → of
4. to speak → speaking   5. to build → building

IV.

1. I am old enough to make decisions by myself.
2. It is no use crying for the lost money.
3. The dress is too small (for you) to wear.
4. Peter goes swimming every day in order to lose weight.
5. It is brave of Jack to save the drowning boy.

V.

1. To talk to Americans in English is difficult.
   It is difficult to talk to Americans in English.
2. My grandmother is used to getting up early.
3. In addition to jogging, you should avoid eating too much junk food.

4. Would you mind lending me these comic books?

   或 Would you mind lending these comic books to

   me?

5. Remember to open the windows first.

Chapter 9 三大子句與關係詞

Try It! 9-1

1. ×; which → **that**   2. ○   3. ×; He → **That he**

4. ×; where → **whether/if**

5. ×; what time is it → **what time it is**

Try It! 9-2

1. ① I can't go hiking with you next Sunday

   because I have another appointment already.

   ② **Because** I have another appointment already, I

   can't go hiking with you next Sunday.

2. ① The children were tired out **after** they walked

   for two hours.

   ② **After** the children walked for two hours, they

   were tired out.

3. ① **Although** Lily made a lot of preparation for it,

   she didn't get the job.

   ② Lily didn't get the job **although** she made a lot

   of preparation for it,

4. ① Mary didn't lose a single pound **even though**

   she had been on a diet for two months.

   ② **Even though** Mary had been on a diet for two

   months, she didn't lose a single pound.

5. Michelle worried about the exam, **so** she didn't

   sleep well.

Try It! 9-3

1. **D**   2. **A**   3. **C**   4. **C**   5. **B**

Try It! 9-5

I.

1. that   2. who   3. whom/that, to whom   4. that

5. that

II.

1. × → **, who** is a famous singer,

   (Phil Collins 全世界只有一位，要加逗點)

2. ○

3. that (本句用 who 開頭，要用 that 避免重複)

4. × → **, which** was painted by Leonardo da Vinci,

   (the Mona Lisa 全世界只有一幅，表示唯一要加逗點)

5. × → **that** (有最高級形容詞 the funniest)

Try It! 9-6

1. where   2. how   3. why   4. when   5. how

Practice & Review

I.

1. **A**   2. **D**   3. **A**   4. **A**   5. **B**   6. **D**   7. **A**   8. **B**

9. **D**   10. **C**

II.

1. when   2. since   3. Even though/Even if

4. whenever   5. Wherever

III.

1. Do you know what his name is?

2. Do you have any idea how they found out the

   truth?

3. Takeshi is the big movie star whom we met at the

   airport last night.

   或 We met Takeshi, who is a big movie star, at the

   airport last night.

4. I often go to the beach **where/at which** many tourists like to take pictures.

5. That is the bicycle which my brother rides to school every day.

 IV.

1. The boy who is playing the piano is my younger brother.

2. The cell phone (which/that) I bought two days ago is very expensive.

3. Sunny has a sister, who works in the hospital.

4. His brother who is a lawyer is twenty-five years old.

5. The girl (whom) we met on the bus this morning is my girlfriend.

V.

1. (1) whom　(2) to whom　(3) that/ ×　2. whose

3. , whose　4. , which　5. why

Chapter 10 分詞

Try It! 10-1

1. embarrassed　2. amazing　3. blown

Try It! 10-2

1. broken, looking, saying　2. 述語　3. 屬性

4. 屬性　5. 述語

Try It! 10-3

1. Walking　2. Seen　3. (1) being asked　(2) asked

4. Before going　5. Steve running

Try It! 10-4-2

1. running　2. tied　3. bleeding　4. shining

5. closed

Try It! 10-4-3

1. painted　2. to admit　3. do　4. be imported

5. work

Practice & Review

 I.

1. **B**　2. **D**　3. **A**　4. **C**　5. **A**　6. **B**　7. **C**　8. **C**

9. **D**　10. **B**

 II.

1. dancing　2. belonging to　3. drawn

4. painted　5. , hoping

III.

1. **Because being written/Being written/ Written** in simple English, the novel is suitable for beginners.

2. **When seeing/Seeing** the teacher, he ran away.

3. The manager **permitting**, the secretary will have a day off next week.

4. The teacher was watching those students **with** her arms crossed.

5. Some guests were dancing happily **with** the music playing loudly.

 IV.

1. touched　2. shaking　3. discussed　4. take

5. decorated

Chapter 11 間接問句/附加問句/倒裝句

Try It! 11-1

1. I have understood why he went to Tainan.

2. We still don't know when we will start.

3. Can you see what are on the blackboard?

4. Do you know where her child works?

5. Can you ask Mr. Wang **whether/if** that man is our new English teacher?

11-2

1. haven't you 2. doesn't it 3. does she
4. is there 5. shall we 6. will you 7. all right
8. won't you 9. did it 10. isn't it

11-3-2

1. so does she 2. So is the blue one
3. didn't either, **Neither/Nor** did Linda
4. Away flew the bird.
5. On the top of the hill stood an old house.
6. In the amusement park they were.

11-3-3

1. Never is Ben late for school.
2. Hardly can we believe it.
3. Not until she was eighteen did Helen know she was adopted.
4. Only in this way can you solve the problem.
5. Only when the lady is praised will she smile at others.

Practice & Review

I.

(A) 1. **D** 2. **A** 3. **B** 4. **C** 5. **D**
(B) 1. **B** 2. **D** 3. **D** 4. **A** 5. **B**
(C) 1. **A** 2. **B** 3. **B** 4. **A** 5. **C**

II.

1. is there 2. all right 或 O.K. 3. will you
4. will you 5. does he 6. hadn't you 7. won't he
8. they are

III.

1. have we seen such a beautiful painting before.
2. opportunities did we have to choose whatever we liked.
3. do most people spend some time thinking about what they want.
4. his wife died did the man know the truth.
5. The owner had no idea when the computer was stolen.
6. which book you bought yesterday?
7. Could you tell me **whether/if** there is a post office in this neighborhood?
8. I can't understand what they are complaining about

Chapter 12 假設語氣

Try It! 12-2

1. were, would hire 2. had had, might have gone
3. had **got/gotten**, could have caught
4. were to, would marry 5. rains, will

Try It! 12-3

1. Had we 2. Were I 3. Had he had
4. Should Lisa 5. Had you worked

Try It! 12-4

1. were 2. had taken 3. were 4. went
5. had been 6. But for, If it had not been for,
Had it not been for (三個答案順序可以調換)

Practice & Review

 I.

1. **C** 2. **B** 3. **C** 4. **A** 5. **A** 6. **B** 7. **C**

8. **B** 9. **D** 10. **A** 11. **B** 12. **D** 13. **C** 14. **D**

15. **A** 16. **D** 17. **B** 18. **D** 19. **A** 20. **A**

II.

1. were   2. could speak   3. had studied

4. should fail, would do

5. keeps making noise, will **be/get**

III.

1. If it hadn't rained last weekend, my family could have gone camping at the beach.

2. If Edison had understood this question, he could have answered it.

3. If I had a long vacation, I would go to Australia this summer.

4. If the old man had a child or a pet, he might not feel very lonely.

5. If I won the lottery, I could afford a fancy car.

IV.

1. I wish I were a scientist.

2. If it had rained a lot last month, we would have enough water.

3. If you should doze off when driving, it would be very dangerous.

4. If students didn't have so many **tests/exams**, they might be happier.

5. The patient talks as if he were a doctor.